AF482592

Aubrey Beardsley, Franz Blei

Venus und Tannhäuser: Eine romantische Novelle

e-artnow 2018

Brigitte Augusti
Mädchenlose: Band 1 & 2 (Erzählung)

Hugo Ball
Tenderenda der Phantast

Berthold Auerbach
Schwarzwälder Dorfgeschichten: Band 1 bis 10 (Erzählungen)

Aubrey Beardsley, Franz Blei
Venus und Tannhäuser: Eine romantische Novelle

Rainer Maria Rilke
Erzählungen und Skizzen: Lyrische Worte in Prosa: Zwei Prager Geschichten + Generationen + Ewald Tragy + Geschichten vom lieben … + Der Totengräber und viel mehr

Aubrey Beardsley, Franz Blei

Venus und Tannhäuser: Eine romantische Novelle

Übersetzer: Franz Blei

e-artnow, 2018
ISBN 978-80-273-1619-9

Inhaltsverzeichnis

Zuerst erschienen

Die Geschichte von Venus und Tannhäuser, darein verflochten eine genaue Beschreibung der Bräuche am Hofstaate der Frau Venus, Göttin und Buhlerin in dem berüchtigten Hörselberge, und woran angeschlossen Tannhäusers Abenteuer daselbst, seine Bereuung, Fahrt nach Rom und Rückkehr zum Hörselberge der Liebe.

Eine romantische Novelle von Aubrey Beardsley.

Aus dem Englischen in das Deutsche übertragen von Prokop Templin und mit einigen, des englischen Meisters Fragment abschließenden Kapiteln versehen von Franz Blei.

»La Chaleur Du Brandon Venus«
Le Roman de la Rose, vers 22051

Seiner Eminenz dem durchlauchtigsten und verehrungswürdigsten Fürsten Giulio Poldo Pezzoli, Kardinal der hl. Römischen Kirche, Titular-Bischof von Sta. Maria in Trastevere, Erzbischof von Ostia und Velletri, Nuntius des hl. Stuhles in Nicaragua und Patagonien, dem Vater der Armen, dem Wiederhersteller der kirchlichen Disziplin, der Leuchte der Gelehrsamkeit, Weisheit und Heiligkeit des Lebens ist dieses Buch gewidmet mit gebührender Ehrfurcht von seinem untertänigen Diener, von dem Schreiber und Zeichner weltlicher Dinge, der dieses Buch verfertigt, Aubrey Beardsley.

Verehrungswürdigster Fürst!

Durch welches Übel das Abfassen von Widmungsepisteln außer Brauch kam, ob daran die Selbstgefälligkeit der Autoren oder die Bescheidenheit der Patrone die Schuld trägt, dies weiß ich nicht. Doch aber scheint mir der Brauch so schön und gut, daß ich wagte, mich in dieser bescheidenen Form zu versuchen und mein erstes Schriftwerk mit allen Formalitäten Ihnen zu Füßen lege. Ich muß die Befürchtung einbekennen, der Vermessenheit beschuldigt zu werden, daß ich einen so erhabenen Namen wie den Ihren vor diese Geschichte stelle, aber daß man mich dessen nicht allzuleichtfertig rügen wird, hoffe ich, denn bin ich schuldig, so ist dessen Grund nur ein sehr natürlicher Stolz darüber, daß es mir die Begebenheiten meines Lebens erlauben, diese kleine Pinasse meiner Laune unter der Flagge Ihrer Protektion segeln zu lassen.

Leicht könnte ich mich also reinsprechen von solcher Beschuldigung, doch mehr Worte der Rechtfertigung muß ich noch sagen. Denn mit welcher Stirn könnte ich Ihnen ein Buch widmen, das von einer so eitlen und phantastischen Sache wie der Liebe handelt?

Ich weiß, verliebte Leidenschaft wird nach der Ansicht vieler Leute für schmachvoll und lächerlich gehalten, und man muß auch in der Tat zugeben, daß um der Liebe willen mehr Menschen schamrot wurden als aus irgend anderer Ursache, und daß Liebespaare ein dauerndes Gelächter abgeben. Da man nun aber finden wird, dieses Buch enthalte Tieferes als nur die Lust der Sinne, und um so mehr, als es von der reumütigen Zerknirschung seines Helden handelt und an seinem Orte sogar von kanonischen Dingen, so bin ich nicht ohne Hoffnung, Eure Eminenz werden meiner Abfassung vom Venusberge, dessen Darstellung meine Jugend entschuldige, Nachsicht angedeihen lassen.

Ich muß des weiteren auch um Ihre Verzeihung dafür bitten, daß ich mich in einer anderen Sprache als der lateinischen an Sie wende. Aber meine nur geringe Fähigkeit im Lateinischen erlaubt es mir nicht, mich außerhalb des Sprachbrauches meiner Heimat zu ergehen. Um alles in der Welt möchte ich nicht, daß Ihr feingebildetes südliches Ohr von dem barbarischen Ansturm rüder und gotischer Wörter verletzt werde; aber es dünkt mich, keine Sprache sei so ungeschlacht, daß sie sich nicht höflicher Autoren rühmen könnte; und es haben in alten Zeiten hier in diesem Lande nicht wenige geblüht, die unsere gemeine Alltagssprache zu höchster Schönheit brachten. In diesen unseren Zeiten wurden hélas! unsere Schreibfedern von unberufenen Autoren und groben Kritikern genotzüchtigt, welche mehr eine Zerstörung, denn ein Bauwerk hervorbrachten, eine Wüstenei eher als einen Garten. Aber was nützt es, Tränen um Vergangenes zu vergießen? Doch werde ich und will ich nicht weiter von unseren eigenen Unzulänglichkeiten sprechen, sondern ich muß von Ihren Verdiensten reden, soll ich nicht die Pflicht hintanstellen, die ich auf mich nahm, da ich Eurer Eminenz diese Schrift widme. Denn von Ihrem Adel und Ihrer Tugend – so bekannt sie auch aller Welt sind –, von Ihrem Geschmacke und Geiste, von Ihrer ernsten Liebe zum Schrifttum und Ihrem so großen Interesse an den Künsten, dessen Herold zu sein obliegt mir.

Obwohl es nun so ist, daß jedermann hinreichend die Fähigkeit besitzt, ein Urteil über dies oder jenes zu fällen, und nicht wenige so schamlos sind, solches auch zu drucken – was man dann Kritiker nennt – so war ich doch immer der Meinung, daß die kritische Fähigkeit weit seltener sei als die erfinderische. Nun ist dies eine Kunst, so Eurer Eminenz in so hohem Maße eignet, daß Lob wie Tadel aus Ihrem Munde immer Orakel und Ihr Urteilsspruch unfehlbar ist wie das Genie oder eine sehr schöne Frau. Wie ich weiß, ergötzt sich Ihr Verstand an scharfsinnigen Analysen und den subtilsten Hervorbringungen des Geistes, folgt er, daß man ihn bewundern muß, allem nach, bedächtig bedenkend und ohne Hast entscheidend. Es ist betrübend, daß solcher allervollkommenster Mäcenas keinen Horaz haben sollte, dem er Freund sein, keine Georgica haben sollte, deren Widmung er annehmen könnte; aber es müssen wohl eines Mäzens oder Patrons Pflichten und Beruf in einem Zeitalter unbedeutender Männer und geringer Werke notwendig auch geringer werden. In anderen Zeiten war es großer Fürsten und Staatsmänner nicht unwürdig, ihre Neigung und Gunst auch Poeten angedeihen zu lassen, da sie dabei gleiche Ehre gewannen als sie austeilten. Nahm doch Prinz Festus mit Stolz Julians

Meisterwerk unter seinen Schutz, und war die Aeneis nicht das entzückendste Geschenk an einen Cäsar?

Kenntnis ohne Urteil, dieses ist ein Nichts, doch weiß ich nicht, welches an Eurer Eminenz das Größeste ist, Ihre Liebe und Kenntnis der Künste oder Ihr Wissen und Urteil über sie. So kann es niemanden erstaunen, daß ich Ihnen gefallen und Ihre Patronanz gewinnen möchte. Wie zu tiefst dankbar ich bin für bewiesene Teilnahme, dies wissen Sie, und haben Ihre große Güte und Freigebigkeit meine kleinen Verdienste und nicht größeren Talente, die irgendeine Gunst kaum wert sind, weit übertroffen. Es ist leider nur eine hinfällige Gabe, die ich hier darbringe, aber wenn Sie, etwa an einem Abend auf Ihrer Terrasse, darin blätternd es eines entlegenen Winkels in Ihrer fürstlichen Bibliothek würdig finden, könnte das Bewußtsein, daß das Werkchen hier aufbewahrt wird, mich für meine Mühe vollkommen belohnt machen und dem Vergnügen, dieses unbedeutende Büchlein geschrieben zu haben, die Krone des Glückes aufsetzen. Eurer Eminenz untertänigster treugehorsamster Aubrey Beardsley.

Erstes Kapitel, das erzählt, wie sich der Chevalier Tannhäuser in den Venusberg einführte

Der Chevalier Tannhäuser war vom Pferd gestiegen und stand nun zaudernd einen Augenblick in dem dämmrigen Torweg des Venusberges, von exquisiter Angst gepeinigt, der Ritt des Tages könnte die zierliche Anmut seiner Kleidung zu grausam in Unordnung gebracht haben. Seine Hand, schlank und ausdrucksvoll wie jene der Marquise du Deffand auf der Porträtzeichnung von Carmontelle, fingerte nervös in dem Goldhaar, das gleich einer feinlockigen Perücke auf seine Schultern fiel, und weiter wanderten von Stelle zu Stelle einer sehr genauen Toilette nervöse Finger, kleinen Aufruhr der Spitzen zu beschwichtigen, Wellen der Halskrause zu glätten.

Es war um die Zeit der Kerzen, da die müde Erde ihren Abendmantel von Nebel und Schatten umlegt, die verzauberten Wälder leichten Schritt und zarte Stimme der Elfen in ihr Geflüster bergen, alle Luft geschwängert ist vom Unnennbaren und sogar die Beaux vor ihrem Toilettentisch ein wenig ins Träumen kommen.

Fahle, namenlose, im Mentzelius nicht zu findende Kräuter wucherten. Riesige Nachtfalter, mit Flügeln, reich ornamentierten, als ob sie auf Tapeten und fürstlichen Brokaten Mahlzeit gehalten hätten, flatterten die Pfeiler des Torwegs hin, mit Augen, brennend, berstend im Geäder und starrend. Der Pfeiler mattfarbiger Stein stieg auf wie ein Hymnus zum Preise der Göttin und war vom Kapital zur Basis in verliebten Skulpturen ziseliert, von so lustiger Erfindung und so seltsamer Kennerschaft, daß Tannhäuser eine ganze Weile brauchte, das Zierwerk sich anzusehen. Nichts war dagegen was Japan in seinen maisons verts erfinderisch gestaltet hatte, oder was die entzückenden Badezimmer des Kardinals de la Motte berühmt machte, und unbedeutend wurden daneben die verblüffenden Illustrationen in Jones Nursury Numbers.

Ein scharmantes Portal, sagte leise der Chevalier und ordnete die Falten seiner Schärpe. Wie Antwort auf seine Worte, kaum atmendem Hauche gleich, tönte ein hinsterbender Klang singender Stimmen aus dem Berge, getragen von einer weichen Musik, fremdartig und seltsam wie die Tonlegenden des Meeres, die man aus den Muscheln hört. »Wohl die Vesper der Göttin,« sagte Tannhäuser und griff ganz leicht einige Akkorde auf seiner kleinen Laute. Das Lied aus dem Berge glitt über die zauberumsponnene Schwelle, legte sich wie Kranzgewinde um die schlanken Säulen, schien die dunklen Falter der Leidenschaft zu wecken, denn sie regten sich leise im Schlafe. Einer aber war von den stärkeren Lautenakkorden erwacht und taumelte ins Innere des Berges. Das nahm Tannhäuser für Wink und Mahnung, einzutreten. Sein »Adieu« begleitete eine vollendete Geste, und da in diesem Augenblick des Mondes kühle Scheibe wunderbar und ganz voller Zauber aufstieg, sagte er, mit einem Timbre von Gefühl in der Stimme: »Leb wohl, Madonna.«

»Gebe der Himmel,« seufzte er, »daß mir ein Spiegel die Zuversicht zu meinem Debüt restauriere. Wenn ich auch nicht zweifle, daß ihre Göttinnenaugen, vom Anblick des Vollkommenen übersättigt, nicht allzu ungehalten sein werden, krönt ein kleiner Mangel die Vollendung.«

Eine wilde Rose hatte sich in den Besatz seines Muffs verfangen und in einer ersten Wallung von Ärger wollte er die beleidigende Blume grob entfernen, aber die schlimme Laune verflog rasch, denn es lag etwas so rührend Sinnloses in dem kühnen Angriff des köstlichen Blumenwesens, daß der Chevalier die rächende Hand zurückholte und damit einverstanden war, die wilde Rose an dem Muff zu lassen, als einen Paß aus der oberen in die untere Welt.

Und während er eine kleine Verknotung an der Troddel seines Stockes löste, trat er in den dämmrigen Gang, der ins Herz des blassen Hügels führte, schritt er durch den Gang mit der admirablen Sicherheit und der ungefalteten Anmut Don Juans.

Zweites Kapitel, das erzählt, wie Venus coiffiert und zum Souper vorbereitet wurde

Der Toilettentisch schimmerte und gleißte wie der Hauptaltar von Notre Dame des Victoires, und vor ihm saß Venus in einem geschürzten Morgenrock in Schwarz und Heliotrop. Der Coiffeur Cosmé bemühte sich um ihr duftendes Haar und schuf mit winzigkleinen silbernen Zangen, erwärmt von den Liebkosungen der Flamme, reizend witzige Löckchen, die leicht wie ein Hauch über Stirn und Brauen atmeten, wie Ranken über den Nacken fielen. Pappelarde, Blanchemains und Loreyne, ihre drei Lieblingszofen, warteten ihr auf mit Puder und Parfüm in schlanken Kristallen und zerbrechlich-dünnen Riechkugeln und hielten in Töpfchen aus Porzellan Schminken – nur Chateline kann solche bereiten –, zärtlich delikate Schminken für diese Wangen und diese Lippen, ein wenig blaß geworden in den Ängsten und Nöten des Exils. Claude, Clair und Sarrasine, ihre drei Lieblingspagen standen liebeerfüllt daneben und hielten ein Präsentierbrett mit den Pantoffeln, Fächer und Linnen. Minette aber trug auf den flachgestreckten Händen das göttliche Handschuhpaar, und La Popelinière, die Oberwärterin der Garderobe, stand mit dem Kleide in Goldgelb bereit. La Zambinella brachte die Juwelen, Florizel die Blumen, Amadour ein Kästchen mit Nadeln und Gestecken, Vadius eine Bonbonnière mit Süßigkeiten aller Art. Die Tauben, ihre immer aufwartenden Tauben trippelten durch den Raum, den Jean Baptiste Dorat mit galanten Tapeten dekoriert hatte. Ein paar Zwerge und andere zweifelhafte Geschöpfe hockten hier und da, streckten die Zunge heraus, kniffen sich ins Fleisch und benahmen sich auch sonst abscheulich. Wofür ihnen Venus zuweilen ein kleines Lächeln schenkte. Als die Toilette so weit war, trat Priapusa, die dicke Maniküre und Meisterin in der Kunst des Schminkens ein, nahm ihren Platz an der Seite des Toilettentisches und begrüßte Venus mit einem vertraulichen Kopfnicken Sie trug ein Kleid aus weißem Moiré garniert mit Goldspitze, und um den Hals ein zinnoberrotes Samtband. Das Haar hatte sie in flachen Bandeaus über die Ohren gedrückt und am Hinterkopf zu einem mächtigen Chignon gesteckt, darüber ein breitkrempiger Hut schwebte, mit rosa Musselin und roten Rosen ausgeputzt.

Fett salbungsvoll klang Priapusas Organ. Widerliche kleine Gesten machten ihre kurzen Hände, seltsam bewegte die Schultern Kurzatmigkeit, einer faltigen Schnürbrust entweichend. Die Haut gegerbtes Laster, die großen Augen wie aus Horn, die Nase eines Papageis, der kleine Mund schlampig verwischt, in breite Hängebacken vergraben, und Kinn quellend auf Kinn – so war die kluge Person, von Venus mehr geliebt als ihr ganzer übriger Hofstaat, was sich in hundert Kosenamen ausdrückte, die sie ihr gab, wie: Liebeskröte, Kikhühnchen, Rothähnchen, Schönliebchen, Prüfstein, Hustentröpflein, Bijou, Knöpfchen, Herzblättchen, Graukehlchen, Madame Mann, Kleinschleckchen, Schlimm-Schlimm, Milchschweinchen.

Das übliche Gespräch zwischen Priapusa und ihrer Herrin war in dem vortrefflichen, unter alten Freunden üblichen Tone, wobei man sich in kürzesten Sätzen verständigt und für Einfachstes nur ein pointiertes Wort braucht. Selbstverständlich besprach man ein bißchen den eben neu eingetroffenen Tannhäuser, den Venus noch nicht gesehen hatte, weshalb die Göttin einige in ihrer Sachlichkeit reizende Fragen über ihn stellte. Priapusa erzählte von seiner plötzlichen Ankunft, seiner überraschenden Promenade durch den Park und vor seiner mäßigen Zufriedenheit über alles da Gesehene, von seiner plötzlichen Begeisterung über ein schlankes Mädchen auf der ersten Terrasse, von dei Menge von Gehröcken, die sich um ihn gesammelt hatten und ihn mit Rosen bewarfen, von der Grazie, wie er sich dagegen mit seinem kurzen Mantel verteidigt hatte, und von der spaßigen Reverenz, die er der Statue des Gartengottes damit erwies, daß er dem Priapus mit der frommen Ehrfurcht eines Pilgers einen Kuß gab. Im Augenblicke befinde sich Tannhäuser, köstlich genießend, bei den Bädern.

Priapusas amtlicher Bericht und die Coiffüre beendeten sich zu gleicher Zeit.

»Cosmé,« sagte Venus, »du bist sehr lieb und sehr geistreich gewesen und hast dich heute abend selbst übertroffen.«

»Madame schmeicheln mir,« dienerte das ältliche Wesen mädchenhaft kichernd unter seiner Maske aus schwarzem Atlas. »Manchmal, Madame, möchte ich mich schon für ganz unbegabt halten, aber heute abend kann ich ein Gefühl eitler Zufriedenheit nicht verleugnen.«

Einen Bericht von der nun anhebenden Malung ihres Gesichtes zu geben, würde mir so große Mühe machen, darum genüge die Mitteilung, daß das schwierige Werk grandios und ohne jeden die Täuschung störenden Fehler gelang.

Venus entglitt ihrem Morgenkleide und stand Zum-davor-hinknien hoch und schlank mit ihren Füßen in einem Neste von Spitzen und Volants. Nacken und Schultern zogen wundervolle Linien und die maliziösen Brüstchen betörten mit jener Anmut, die ganz zu erfassen nie erlaubt, an der bis zum letzten sich zu erfreuen nie gestattet werden darf. In köstlicher Gliederung flossen Arme und Hände und ragten die göttlich langen Beine von der Hüfte zum Knie zweiundzwanzig Zoll und zweiundzwanzig Zoll vom Knie zur Ferse, wie es einer Göttin zukommt. Gern möchte ich eingehender über sie erzählen, denn Details spielen in der Beschreibung eine nicht geringe Rolle. Doch fürchte ich, hier und wieder da nötiges Schweigen ließe so viele Lücken in dem Bilde, daß ich es lieber unbegonnen als unvollendet lassen möchte. Wer Venus nur im Vatikan, im Louvre, in den Uffizien oder dem British Museum gesehen hat, weiß nicht, wie sehr schön sie wirklich aussah.

Priapusa wurde vom Anblick der süßen Person ganz lyrisch und pickte sich gewissermaßen Küsse von den göttlichen Armen.

»Zünglein, du mußt dich endlich benehmen lernen,« wehrte Venus ab und befahl Millamant, ihr die Pantoffeln zu geben.

Das Präsentierbrett war beladen mit ganz köstlichen und entzückend geformten Pantoffeln, hinreichend, das Museum Cluny zu einer Stätte aller Ausgelassenheit zu machen. Es gab da Schuhe in grau und schwarzem, in schwarz und gelbem schwedischen Leder, in weißer Seide, in rosafarbnem Atlas, in Samt, in dünnem Florentiner Sarcenet; da waren welche seegrün mit kirschblütenfarbner Seide genäht, andere rot mit Weidenzweigen und graue mit fliegenden Vögeln bestickt. Absätze gab es aus Silber, aus Elfenbein, auch aus Gold; Schnallen aus edlen Steinen, zusammengestellt in mystischen Devisen; Bänder und Schleifen seltsam verknüpft und verflochten; Knöpfe so herrlich, daß ihre Knopflöcher kein Vergnügen empfinden konnten, bevor sie sich nicht um sie geschlossen; Sohlen aus weichstem Leder, rosenduftend, Futter aus zarten Stoffen, mit einem Blumensaft parfümiert. Aber Venus fand an keinem Paare dieser Schuhe Geschmack und befahl ein schon einmal getragenes, abgelegtes Paar aus blutrotem Maroquin, mit Perlenblumen bestickt. Sie standen ihr zu den weißen Seidenstrümpfen ganz vorzüglich. Wie immer erhaschte sich, als man das Präsentierbrett wegtrug, der von Launen bestimmte Florizel einen der Pantoffel, stülpte ihn über sein Glied und bewegte sich entsprechend. Das war so Florizels verliebte Laune. Inzwischen trat La Popelinière mit dem Kleide heran. Aber »ich will heut nacht kein Kleid anziehen,« sagte Venus und streifte sich die Handschuhe über.

Die Toilette war beendet und die Tauben umflatterten und umgurrten die Füße der Göttin, da sie es liebten, mit ihren Flügeln die Knöchel zu streifen. Die Zwerge klatschten in die Hände, steckten zwei Finger zwischen die Lippen und pfiffen. Nie zuvor war auch Venus so strahlend gewesen, nie so bezwingend schön. Spiridion sah in der Ecke auf von seinem Geduldspiele und bebte. Ganz blaß vor Lust streichelten Claude und Clair die Göttin, zogen mit zitternden Lippen Fältchen in ihre Seidenstrümpfe, um sie wieder mit ihren schlanken Fingern zu glätten. Sarrasine löste die Strumpfbänder, küßte ihre Innenseite, legte sie wieder an, preßte seine Lippen auf ihre Schenkel. Die Zwerge wurden, Ihr könnt mir's glauben, ganz frech, und es gab beinahe ein Mêlée. Sie mimten einfach Seite 72 und 73 des Wörterbuches von Delvau. Da verkündete Prantzmungel, daß das Souper auf der fünften Terrasse serviert sei. »Endlich!« rief Venus, »ich sterbe vor Hunger!«

Das dritte Kapitel erzählt, wie Venus soupierte und sich danach über die ausgelassenen Streiche ihres Gefolges höchlichst unterhielt.

Sie war von Tannhäuser ganz entzückt, der selbstverständlich beim Souper den Platz an ihrer Seite hatte. Die Terrasse bot einen zauberhaften Anblick mit ihren hundert Tischen und vierhundert Sitzkissen und tausend kapriziösen Einfällen. Eine besonders mächtige Fontäne breitete ihre drei Becken übereinander, deren unterstes einen vielbrüstigen Drachen und vier kleine, auf Schwänen reitende Putten mit Pfeil und Bogen trug. Zwei der Putten, dem Rachen des Ungeheuers zunächst, schienen schreckerstarrt, hinter ihnen aber die andern beiden richteten mutig ihre Pfeile gegen den Rachen. Um den Rand des zweiten Beckens hoben sich schlanke goldne Säulen, gekrönt von den Schwanzfächern und Schwingen silberner Tauben. Das dritte Becken aber stützte eine Gruppe zwerghaft verkürzter Satyrn und aus der Schale Rand sprangen dünne Röhren, mit Masken und Rosen verziert und mündend in Kinderköpfchen. Aus dem Drachenmaul, den offnen Mündern der Putten, aus den Augen der Schwäne und den Brüsten der Tauben, aus den Hörnern und Lippenwulsten der Satyrn, aus den Schlitzaugen der Masken und den Locken der Kinderköpfchen floß das Wasser in Arabesken und verschmitzten Bogen.

Die ganze Terrasse stand im Lichte der Kerzen, deren es wohl viertausend gab, ungezählt die Lichter auf den Tischen. Sehr mannigfaltig war die Art der Leuchter und Kandelaber, lächelnd manche in den betonten Cochonerien ihrer Verzierung. Es gab welche von zwanzig Fuß Höhe, die nur eine einzelne Kerze trugen, wie eine duftende Fackel im Nachtblau leuchtend und tropfend, daß das Wachs in Fransen und Bärten am Leuchterrand hing. Dann gab es wieder andere Leuchter, behängt mit lustigen Unterröckchen aus Lüster, dahinter sich ein Konzil von Wachskerzen barg, geteilt in Kreise oder in Pyramiden, in rechteckige und keilförmige Cadres gedrängt oder in Halbmonde.

Auf gedrehten Piedestalen, koketten Pfeilern und graziösen Priapen standen Vasen in Muschelform, gefüllt bis über den Rand und von ihm fallend mit Blumen und Früchten. Orangen- und Myrtenbäume in Töpfen aus zerbrechlichstem Porzellan, durchflochten von purpurnen Bändern standen Spalier, Rosenbäume hatte Kunst ganz meisterhaft durch Gitterwerk geflochten und um Säulen gewunden. Auf einer Seite der Terrasse lag, mit verbuhlten Teppichen verhängt und verborgen, eine breite goldene Buhne für die Komödianten, und vertieft davor ein Platz für die Musiker. Im Kreise standen zwischen den Fontänen und vor der Stufenflucht, die hinauf zur sechsten Terrasse führte, die Tische, mit weißem Damast bedeckt und überstreut mit Iris, Rosen, Anemonen, Narzissen, Wiesenraute, Lilien und Nelken. Auf die mit Kissen und Stoffen übersäten Pfühle waren Fächer gestreut und Päckchen, die kleine verliebte Überraschungen bargen.

Weit dehnten sich die Gärten, mit solcher Pracht entworfen und solcher Sorgfalt betraut, daß selbst der Architekt der Feste von Armailhacq keinen Anlaß zum Tadel hätte finden können. Auf den reglosen Teichen lagen die blumenbekränzten, mit wächsernen Marionetten geschmückten Barken und über den hohen Alleen der Bäume, den Laubgängen, den Kaskaden, Pavillons, Grotten und Gartengötter lag der Goldstaub des berauschten Jubels, der vom Lichterglanz des Festes auf sie fiel.

Die unberockte Venus und Tannhäuser hatten zu ihren Tischgenossen Priapusa, Claude, Clair und Farcy den Direktor der Komödianten. Tannhäuser hatte sein Reisekleid abgelegt, er trug lange schwarze Seidenstrümpfe, die ein Paar entzückender Strumpfbänder hielt, ein sehr schickes, gefältetes Hemd, Pumps und einen prachtvollen Frack. Claude und Clair genossen das Privileg ihrer geschlechtlichen Unreife, indem sie gar nichts anhatten. Farcy war im üblichen Abenddreß. Die übrige Gesellschaft überbot sich in höchst bemerkenswerten Toiletten und tischweise sah man die hinreißendsten Coiffüren. Getupfte Schleier sah man, welche die Haut mit exquisiten und bedeutenden Krankheiten zu kolorieren schienen. Fächer gab es mit kleinen Schlitzöffnungen für kokettierende Augen ihrer Trägerinnen; andere Fächer wieder zeigten Malereien gewählter Positionen oder waren mit den Sonetten des Sporion und den Devisen des Scaramuccia beschrieben; dann gab es Fächer aus großen lebenden Motten, an silbernen

Stäben befestigt. Nicht weniger großartig war die Mannigfaltigkeit der Masken: solche aus grünem Samt ließen das Gesicht wie dreifach gepudert erscheinen, Masken gab es aus Vogelköpfen, aus Köpfen von Affen, Schlangen, Delphinen, Männern, Frauen, jugendlichen Embryonen und Katzen; andere glichen Antlitzen von Göttern. Masken gab es aus gefärbtem Glas, aus dünnem Glimmer, aus Gummi. Man sah Perücken aus schwarzer und scharlachroter Wolle, aus Pfauenfedern, aus Gold- und Silberfiligran, aus Schwanenflaum, aus Weinranken und Menschenhaar. In mächtigen Kragen aus gesteiftem Musselin verschwand mancher Kopf. Kostüme gab es aus gekräuselten Straußenfedern, Tuniken aus Pantherfell, die famos zu den rosa Trikots paßten, Röcke aus scharlachrotem Atlas, garniert mit Eulenflügeln, Ärmel, geschnitten in der Gestalt apokrypher Tiere, Hosen mit Fransen bis zum Knöchel, gesprenkelt mit kleinen Röschen, Strümpfe, überreich bemalt mit Darstellungen aus den Fêtes galantes, Jupons, zugeschnitten wie Blumenkelche. Einige Damen hatten scharmante Schnurrbärtchen in Purpur oder Hellgrün angelegt, andere wieder große weiße Bärte wie die heilige Wilgeforte. Manchen Damen hatte Dorat Grotesken brillant auf den Körper gemalt, so auf eine Wange einen Alten, der sich hinter seinen Hörnern kratzt, auf eine Stirne eine alte Vettel, die ein ganz schamloser Amor plagt, auf eine Schulter ein verliebtes Spiel, um das Rund einer Brust einen Reigen von Satyrn, um ein Handgelenk eine Girlande bleicher unschuldiger Säuglinge, auf einen Ellenbogen einen Strauß von Frühlingsblumen, die Länge eines Rückens hinunter die Folge eines verblüffenden Abenteuers, in einen Mundwinkel zarte rote Pünktchen. Auf Nacken sah man einen Zug von Vögeln, einen Papagei im Käfig, eine Spinne, einen Fruchtzweig, einen Schmetterling, einen betrunkenen Zwerg oder nichts als einige Initialen. Aber das Entzückendste waren die schwarzen Silhouetten, die, auf die Haut der Schenkel gezeichnet, durch die weißen Seidenstrümpfe schimmerten, daß man häßlichen Aussatz vermeinte.

Das Souper, vom ingeniösen Rambouillet zusammengestellt, war ohnegleichen, und das erlesenste Menü, das er je geschaffen hatte. Allein auf der Consommée impromptu hätte jeder Küchenchef sich unsterblichen Ruhm gegründet. Was könnte ich da noch sagen zum Lobe der Dorade bouillie sauce maréchale, des Ragoût aus Karpfenzungen, den rameraux à la charnière, der ciboulette de gibier à l'espagnole, der pâté de cuisses d'oie aux pois de Monsalvatsch, den queues d'agneau au clair de lune, den artichauts à la Grecque, der charlotte de pommes à la Lucy Waters, den bombes à la marée und den glaces aux rayons d'or? Das Kunstwerk übertraf selbst die berühmten petits soupers des Marquis Réchale in Passy, die doch kein geringerer als der Abbé Mirliton für »viel zu gut, um sie zu essen« erklärte. Ja, Pierre Antoine Berquin de Rambouillet, du bist deiner göttlichen Herrin würdig!

Der Hunger zog sich vor den feineren Instinkten des Gourmets zurück. Seltsame, unbekannte, eisgekühlte Weine entfesselten alle dekolletierten Geister lebhaftesten Gespräches und tollsten Gelächters.

Das vierte Kapitel, welches erzählt, wie sich der Hofstaat der Venus ganz unerhört beim Soupee benahm.

Den Anfang machte der Scherz mit den Surprises-Päckchen. Dann kritisierte man die Dekorationen, wo einer den andern witzig im Auffinden des Doppelsinnes in einer Girlande überbot, in der Drehung eines Zweiges, in der Windung einer Ranke. Darin war wie gewöhnlich Pulex Sieger, dessen kenntnis- und erfindungsreicher Geist heute brillanter war als je. Über den Tisch gelehnt erklärte er dem Pagen Macfils de Martajo die symbolische Bedeutung eines gewissen Rosenarrangements. Der kleine Page lächelte und summte den Refrain aus der Petite Balette. Natürlich exzellierte in Deutungen auch Sporion, insbesonders gab er bei den Kandelabern seinem wilden Geist alle Freiheiten. Mit fortschreitendem Mahle wurde die Unterhaltung geräuschvoller und persönlicher. Pulex, Cyril, Marisca und Cathelin feuerten ein Leuchtwerk von Epigrammen in die Gesellschaft. Die Untreuen Cerise's, Brancas Schüchternheit, Sarmeans Einfall an einem Morgen im Liliengarten, Thorilliere's immer mehr versagende Potenz, Asbarte's Neigung für Roseola, Felix' gigantisches Glied, Cathelin's Liebe zu Sulpigios Pudel, Sola's Leidenschaft zu sich selber, der häßliche Biß, den Marisca der Chloe gab, die Epilierung des Pulex, Cyrils kleine Unpäßlichkeiten, Butor's schwerere Erkrankung, Lesbias abgründige Windmaschine und tausend andere Vorkommnisse des Tages gaben der Unterhaltung den Stoff.

Bald wurden die erst schrillen und schreienden Stimmen gedämpfter und undeutlicher. Den schlimmen Worten wurde mit noch schlimmeren Gesten nachgeholfen, ja, an einem Tische konnte sich Scabius überhaupt nur noch mit seiner Serviette verständlich machen, wie Sir Jolly Jumble in The Soldier's Fortune von Otway. Bassalissa und Lysistrata bemühten sich, ihre gegenseitigen Namen auszusprechen, wobei sie in große Erregung gerieten, und Tala, der Tragöde, in Purpur und Federkrone hob sein kothurnbeschuhtes Bein und begann schwankend die Rezitation einer seiner Lieblingsrollen. Er kam über die erste Verszeile nicht hinaus, die er in immer neuen Akzenten immer wiederholte; erst der vom weiß in Musselin gekleideten Satyr servierte Spargel konnte ihn zum Schweigen bringen.

Cliter und Sodon waren um die reizende Pella in einen großen Streit geraten und es fehlte nicht viel, daß sie sich mit dem Tischleuchter bewarfen. Sophia hatte mit einer leeren Champagnerflasche eine Intimität angefangen, tat den Schwur, von der Flasche geschwängert worden zu sein und schloß damit, auf der Tafel ihre scheinbare Niederkunft zu begehen. Belamour erklärte, ein Hund zu sein, sprang auf allen Vieren beißend, bellend und leckend von Lager zu Lager. Mellefont schlich herum und tröpfelte Aphrodisiaca in die Kelche, Inventus und Ruella tauschten wechselseitig ihre Kleider aus, und Spelto bot einen Preis auf die erste Liebesentladung, und er gewann den Preis. Tannhäuser drückte sich, schon ein wenig beschwipst, in die Kissen und ließ Julia tun, was immer ihr Vergnügen machte. Daß mir doch zu erzählen erlaubt wäre, was um diese Zeit am Tische Nummer 15 sich begab! Es gäbe den deutlichen und letzten Begriff von den Bräuchen des göttlichen Hofstaates. Aber ich darf aus Gründen, nicht genug zu beklagen, vom größten Teil dessen, was bei diesem Souper gesagt und getan wurde, nicht weder erzählen noch etwas erraten lassen. Venus war von Tannhäusers Schönheit so eingenommen, daß sie die meisten Gänge unberührt ließ. Bisweilen ließ sie ihr Köpfchen auf ihn sinken, küßte ihn voll Brunst, wobei seine auf einmal feste und elastische Haut ihren kleinen Zähnen unvergleichliche Weide bot. Erregung schob ihr die Oberlippe hinauf, daß man das Zahnfleisch sah. Und Tannhäuser war nicht weniger verliebt. Keine Stelle ihres Leibes, vor der er nicht seine Andacht verrichtete, oft ganz versinkend in den Falbeln und Krausen ihrer Wäsche, deren manches Stück dabei zerrissen in Stücke ging. Letzte Kraft seiner hitzigen Lippen verlor er an ihren Mund gepreßt, fuhr mit den Fingerspitzen streichelnd über ihre Lider, hauchte fast die Locken aus der Stirne und noch tausendfach mehr in dieser Art ihren Leib stimmend, so wie ein Geiger, der seine Geige stimmt, bevor er darauf das Spiel beginnt.

Priapusa schnob wie ein altes Schlachtroß, wenn es Pulver riecht, kitzelte abwechselnd Tannhäuser und Venus mit unermüdlicher Zunge und hörte erst auf, als sie vom Chevalier einen ordentlichen Mund voll bekam. Diesen Moment benutzte Claude, verschwand unter dem Tisch und tauchte auf der andern Seite gerade unter dem Lager der Göttin auf, wo er, noch eh diese eins zählen konnte, seinen Kaffee aus deux colonnes schlürfte. Clair war so wütend über den Erfolg seines Freundes, daß er ihm für den Rest des Abends schmollte.

und tauchte auf der andern Seite gerade unter dem Lager der Göttin auf, wo er, noch eh diese eins zählen konnte, seinen Kaffee aus deux colonnes schlürfte. Clair war so wütend über den Erfolg seines Freundes, daß er ihm für den Rest des Abends schmollte.

Das fünfte Kapitel, welches berichtet von dem Ballette, das der Venus Komödianten tanzten

Eine Schar von Faunen und Sylvanen hatte Früchte und frischen Wein aufgetragen und nun steckte man die Kerzen im Orchester an, während die Musikanten auf ihre Plätze eilten. Der beste aller Dirigenten, der herrliche Titurel de Schentefleur war Chef d'orchestre. Tief tauchte sein Taktstock in die Partitur und holte an den Tag, was sie an Pracht und Zauberei enthielt, und es schien, als ob er selber jedes Instrument spiele, weit mehr als daß er dirigiere. Selbst dem Scarlati konnte er noch um eine Grazie mehr geben, und noch um ein Wunder mehr dem Beethoven. Es war ein dünnes, kleines Männchen, mit wulstigen Lippen und einer gestülpten Nase, mit schwarzen Haarsträhnen und einem Bärtchen à la Grolière. Über seinen Geschmack in der Liebe wußte niemand im Venusberg etwas zu sagen. Titurel galt für vollkommen jungfräulich; Cathes nannte ihn spöttisch den Einsiedler.

In dieser Nacht trug er ein ordenfunkelndes Hofkleid aus weißer Seide, und das Haar schimmernd gewellt, daß es bei jeder heftigen Bewegung des Armes erzitterte und in den Ohrläppchen die Brillanten sichtbar machte, die Venus ihm geschenkt hatte.

Das Orchester trug die übliche Uniform – rote Jacken und ebensolche Beinkleider, mit Goldspitzen besetzt, weiße Strümpfe, rote Schuhe. Titurel hatte nach Bergérac's Komödie Les Bacchanales de Fanfreluche ein Ballett für den Abend geschrieben, die Choreographie sowohl wie auch die Musik. Der Vorhang ging auf: ein flußdurchströmtes entlegenes Tal Arkadiens bot sich dem Anblick, frisch und pastoral wie eine reine Quint. Eben ging die Sonne auf und weckte, wie der Prinz im Dornröschen, die Erde aus dem Schlafe mit ihren strahlenden Lippen. Aller Tau der Nacht lag gefangen in dem Gold ihrer Arme, daß es leuchtete; es wachten die Bäume auf aus ihren dunklen Träumen, die Vögel öffneten die Augen und die Blumen erfaßte Freude, denn vorüber waren ihre Ängste vor dem Dunkel.

Da sprang zu Pfeife und Horn aus dem Grund des Waldes eine Schar Satyrn hervor mit Zweigen und Blüten in den Händen, mit Wurzelwerk und Früchten des Waldes, um es vor den Altar des großen Pan zu legen, in der Mitte der Bühne errichtet. Und vom Hügel nieder stiegen Schäfer und Schäferinnen, trieben ihre Herden vor sich her mit blumenumkränzten Stäben. Zuletzt kam langsam der weißgekleidete, ehrwürdige Priester der Hirten aus dem Tale, von einer Schar strahlender Kinder umgeben.

Das Ganze war sehr reizend für die Bühne erdacht in seiner mannigfaltigen und doch harmonischen Buntheit. Der einfache Gottesdienst war im Ritus genügend ausgestaltet, um dem Corps de Ballet Gelegenheit für seine Geschicklichkeit zu geben. Der Tanz der Satyrn fand starken Beifall, und beim Schlußsegen des Priesters bildeten alle auf der Bühne ein so kompliziertes und elegantes Tableau, daß es nur die eine Meinung gab, Titurel hätte nie zuvor etwas schöneres erfunden.

Die Bühne war nur für einen Augenblick leer, denn schon betrat sie Sporion mit einem glänzenden Gefolge von Dandys und äußerst eleganten Damen. Sporion war ein langer, schlanker, verdorbener junger Mann mit etwas gebeugter Haltung, etwas unsicherem Gang, einem ovalen starren Gesicht, tiefroten Lippen, schmalen japanischen Augen und einem hohen goldenen Toupet. Er trug einen lachsfarbnen Atlasmantel mit hohem Kragen, von dem lange schwarze Bänder lose um seinen Körper hingen. Unter dem Mantel trug er einen meergrünen Frack aus Musselin, in der Taille von einer purpurnen Schärpe mit ausgezackten Enden umschlungen und über den Hüften mit einer Spitze besetzt, die sechs Zoll von seinem Leibe abstand. Lose faltige Beinkleider reichten bis ans Ende der Waden, wo sie sich in brokatnen Rüschen reich um die Knöchel legten. Er hatte Zehenstrümpfe aus weißem Handschuhleder an und darüber reizende rote Sandalen gebunden. Das Auffallende aber waren seine kleinen Hände, die aus dem Spitzengefalbel der Ärmel zum Vorschein kamen, sehr geschmeidige, gespitzte Finger mit ganz dünnen rosafarbnen Nägeln, Handteller mit exquisiten zarten Buckeln und Linien, wie der Lord Fanny in Love at all Hazards, und bläulich geäderte Handrücken ohne ein Härchen. In der Linken hielt er ein zärtliches, mit einer Krone besticktes Spitzentaschentuch.

Sporions Begleitung stellte dazu die übermütigste und scharmanteste Gesellschaft – ein Kapitel wäre allein darauf zu wenden, bloß die Toiletten zu beschreiben, und es wäre nicht kürzer als jenes berühmte 10. in Pénillière's Geschichte der Unterwäsche. Es genügt daher die Feststellung, daß es ein äußerst distinguiertes Ensemble war.

Sporion trat vor und erklärte in deutlichen Gesten, daß er und seine Begleitung, aller kümmerlichen Freuden einer bürgerlichen Welt müde, dieses arkadische Tal in der Hoffnung aufgesucht hätten, neue Frissons darin zu finden, daß sie die Unschuld dieser Hirten und Satyrn zerstören und die Wirkung ihres Giftes auf diese einfachen Waldmenschen beobachten wollten. Der Chor akkompagnierte mit müden, aber ausdrucksvollen Bewegungen.

Voller Neugierde, aber ohne Furcht vor dieser weltlichen Gesellschaft, spähten die Waldbewohner durch das Gezweig der Bäume auf die feinen Damen und Herren, und da krochen auch schon ein, zwei Faune, ein und der andere Hirt vorsichtig hervor. Mit schmeichelnden Gesten lockten sie Sporion und die Damen herbei und luden die Ländlichen sehr graziös ein, ihnen Gesellschaft zu leisten. In stockenden Schritten kamen sie nun zurück, angezogen vom seltsamen Aussehen, vom neuartigen Getu und den fremdartigen Kleidern, ja manche kamen schon ganz nah und betasteten mit furchtsamen Fingern Stoffe und Gewebe. Nun ergriff Sporion und jeder seiner Freunde einen Satyr oder einen Schäfer bei der Hand und huben an die ersten Pas eines höfischen Tanzes, für den Titurel die entzückendsten Figuren und die reizendste Musik erfunden hatte.

Das ob der gemessnen und graziösen Bewegungen ganz verblüffte Vollmachte die verzweifeltsten und komischsten Anstrengungen, sie nachzuahmen. Es war ein köstlicher Anblick, dio mio! Und hübschen Effekt machte auch dieses pêle-mêle von bestrumpften Waden und behaarten Beinen, von brokatnen Taillen und simplen Kitteln, von kunstvollen Coiffüren und ungezähmten Locken. Nach diesem Tanze brachten Sporions Diener Champagner herbei und gossen ihn mit vielen Pirouetten grandios in die Stengelgläser, bewegten sich tänzelnd und bedienend ununterbrochen unter den arkadischen Schafsköpfen, die zum ersten Male solches königliche Getränk genossen. Der Vorhang fiel mit einer schamhaften Schnelligkeit über dieser Szene.

Er brauchte nicht lange Zeit, daß sich die Eindringlinge der ersten Früchte ihres Unternehmens freuen konnten und sie pflückten sie mit ihren polierten Fingern und servierten sie ihren Lippen, Zähnen und Zungen auf das festlichste, während die Schäfer, Satyrn und Schäferinnen brav im Zauber dieser ungekannten neuen Freuden schwitzten und keuchten – was an Vergnügungen gekostet hatten, war zum größten Teil für ihre einfache und undurchfurchte Natur zu gewagt. Aber Sporion und die andern Lüstlinge wie auch die Damen, reizte der Kitzel und sie tollten wie Lämmer auf einer grünen Wiese umher; aufs neue machte der Wein die laufende Runde und machte das Tal lebendig wie einen Markt. Nun sprangen die lieblichen Kinder, von denen ich schon sprach, angelockt von Lärm und Lust, auf die Szene, klatschten die Hände lachenden Gesichts und ahmten das atemlose geile Stakkato der Sprünge und Tänze in ihrer kindlichen naiven Art nach.

Da riß sich Sporion aus dem Kreise und mimte mit Händen und Beinen, als wollte er sagen: »O, die entzückenden Kinderchen! Nein, diese süßen Schreihälse! Ach, diese allerliebsten Püppchen!« Er hatte Kinder gern. Und da hatte er auch schon eines beim Schenkelchen erwischt und da griff auch schon alles nach diesen leckeren Gliedern, tätschelte und pätschelte. Wie alles aufkreischte kann man sich vorstellen. Aber es gab natürlich nicht für jeden ein Kind und manche mußten sich in eins teilen. Ich darf übrigens nicht vergessen eine gleichgültige Haltung zu erwähnen, die sechs oder sieben aus der Gesellschaft einnahmen, die mit halbgeschlossenen Augen, atmenden Nüstern und aufeinandergepreßten, von den Lippen entblößten Zähnen saßen oder standen und sich benahmen wie der Fürst von Broglie, wenn er den Liebesschlachten des Regenten Orléans zusah.

Sporion und seine Genossen begannen erschöpft zu werden in ihrem Kinderspiel, aber sie bemühten sich um nichts Neues mehr, ließen ihre Muskeln sich entspannen und gaben sich nur noch den erleidenden Genüssen hin, heulend in den Glutumarmungen der Satyrn, deren Ausdauer kein Ende zu haben schien. Gelehrig in den neuen, diesen Morgen erfahrenen Tricks übten sie sie voll wilder Leidenschaft in dem gepflegten Fleische, wobei herrlichste Fräcke und entzückendste Kleider in Fetzen hingen. Herzoginnen und Herzöge, Marquis und Prinzessinnen, Marquisen und Prinzen wurden geschändet, zerspalten, zerquetscht und zerknüllt von der maßlosen Kraft der haarbrüstigen Waldmenschen, die in die weißen Schenkel einbissen und ihren Rüssel wie wütend in alle Öffnungen des Leibes bohrten. Rücklings hockten sie auf den Busen der Damen und trieben es wie toll mit ihren Brüsten. Packten ihr Opfer bei den Hüften und Backen und pflöckten wirbelnd mit verblüffendem Geschmack. Das Tal Tempe hatte seinen Triumph. Die Sonne war hoch in den Zenit gestiegen, alle Luft durchwärmend mit spendenden Händen, und die Schatten wurden kurz und scharf. Leichtflügelig taumelten nun Schmetterlinge über die Szene, Bienen summten in den Blumenkelchen, Vögel konzertierten das Durcheinander ihres Refrains, an dem Hügel hin blökten die Lämmer, und das Orchester spielte weiter Titurels maliziöse Melodie.

Das sechste Kapitel, welches berichtet von dem Liebeszweikampf zwischen Venus und Tannhäuser

Venus und der Chevalier hatten sich in den entzückenden Pavillon zurückgezogen, den Le Con auf der ersten Terrasse für die Göttin gebaut und eingerichtet hatte und von dem aus man auf die Wäldchen und Gärten köstlichen Ausblick genoß. Das Boudoir war ein entzückender Raum in Seide und weichen Kissen. Von seinen acht Wänden glänzten Spiegel und Leuchter auf üppige Bildwerke, und die Kuppel der Decke dämmerte dreißig Fuß hoch vergoldet durch den warmen Schleier des Kerzenlichtes. Zierlich lächelten geputzte Statuettchen aus Wachs, grimmig blickten groteske Figuren aus Chinaporzellan, bleich schimmerten auf vergoldeten Hügelchen blaßgrüne Vasen, in kleinen, nach einer Seite offnen Kästchen spielten zwerghafte chinesische Figuren die Szene eines Stückes, und eine Welt von merkwürdigen Kostbarkeiten füllte die gewundenen Schränke an den Wänden. In einer Ecke des Raumes standen sechs allerliebste Kartentischchen mit zierlichsten Stühlen darum geordnet, wonach doch etwas Wahres an dem Verse des Mr. Theodore Watts sein dürfte:

>»Ich spielte mit der Königin der Liebe ein Piquet.«

Das hübscheste im Pavillon waren aber die zusammenklappbaren Wandschirme, von de la Pine mit Claudeschen Landschaften bemalt, bei deren Anblick man hinschmilzt, vor denen man zu zweit Stunden und Stunden verweilen kann, und die einen ganz vergessen machen, wie kunstvoll und faszinierend die Natur oft sein kann. Vier solche Paravants gab es in diesem Boudoir der Liebe, es begrenzend und neue Räume in dem Räume schaffend.

Mächtige Ranken roter Rosen mengten ihren Duft mit dem weichen, den Kissen und Pfühlen entströmenden aufreizenden Parfüm, von Chateline höchst sekret hergestellt und Eau Lavante getauft.

Wer Venus nur aus dem Louvre, aus dem British Museum, aus Florenz, Rom oder Neapel kennt, der hat nicht die geringste Vorstellung davon, wie verlockend und voller Grazie sie war, als sie in dem allerliebsten Boudoir neben Tannhäuser auf rosenfarbner Seide lag.

Cosmés Kunstbau von Löckchen, Wellen und Bändern war schon gegen Ende des Soupers in völlige Unordnung geraten; nun fielen gelöste Locken des schwarzen Haares verirrt über die Lider, die müden, leichtgeschwollenen. Zartestes Hemd und zierlichstes Höschen waren zerrissen und feucht geworden, daß sie fast am schimmernden Leibe klebten, dessen Waden nach Liebe gierten. Die festgeschlossenen Schenkel schienen alles umfassendes Abbild des Kleinods zu sein, das sie zwischen sich verwahrten. Die herrlichen Tétons du derrière waren so rund und prall wie die Wangen einer Jungfrau und versprachen Genüsse tief wie die Geheimnisse der rue Vendôme, und der Flaum unter dem Nabel erreichte die gekräuselte Fülle eines cherubinischen Lockenköpfchens.

Bleich und wortlos war Tannhäuser. Er ließ seine edelsteingeschmückte Hand fiebrig über die königlichen Glieder gleiten, riß da Hemd und Höschen und Strümpfe weg und seiner eigenen wenigen Kleider bereits ledig, warf er sich mit einem tiefen Ausatmen auf die prachtvolle Dame.

Mir ist die Gewohnheit der Romanschreiber nicht unbekannt, Helden darzustellen, die ihrer Dame an zwanzig mal und öfter in einer Nacht die Beweise ihrer Kraft geben. Tannhäuser zeichnete solche gargantuanische Unermüdlichkeit mit nichten aus, und er fühlte sich nach einer Stunde sehr erleichtert, als Priapusa, Doricourd und noch ein paar betrunken in den Pavillon taumelten und Venus für sich verlangten. Bald war das Boudoir übervoll von einer lautlärmenden Menge, die sich nur mit Mühe auf den Beinen halten konnte. Es waren ein paar von den Schauspielern darunter, und einer von ihnen, Lesfesses, der den Fanfreluche so meisterhaft dargestellt, wandte, noch in Kostüm und Rolle, Tannhäuser seine schreckliche Aufmerksamkeit zu. Außerhalb der Bühne fand ihn aber der Chevalier ganz uninteressant, weshalb er sich erhob und den Platz räumte, auf den sich die Maniküre bei Venus nieder ließ.

»Der arme Kleine sieht erschöpft aus,« sagte Priapusa, »soll ich ihn in sein Bettchen bringen?« – »Ist er so schläfrig wie ich,« gähnte Venus, »dann tu's.« Da hob die fette Alte ihre Herrin vom Lager und trug sie zärtlich und mütterlich in ihre Arme gebettet davon. Und sagte: »Kommt, Kinderchen, es ist Zeit für euch beide ins Bett.«

Das siebente Kapitel, welches erzählt, wie Tannhäuser erwachte und sein Morgenbad im Venusberge nahm

In einem fremden Schlafzimmer zu erwachen hat immer etwas Köstliches. Die unbekannten Tapeten, die unvertrauten Bilder, die Lage der Türen und Fenster – man hat das alles des Nachts nur ganz vage erfaßt – zeigen sich nun mit allen Reizen des Neuen beim Augenaufschlagen am andern Morgen.

Es war schon gegen elf, als Tannhäuser erwachte. Er streckte sich behaglich in dem weißen Daunenbett, hing seinen munterwerdenden Gedanken nach und starrte dabei zu dem seltsam verzierten Betthimmel hinauf. Er war völlig zufrieden mit seinem Schlafzimmer, das ihn an die üppigen Interieurs des graziösen wollüstigen Baudouin erinnerte. Durch geblümter Vorhangs schmalen Spalt sah des Chevaliers Blick ein Stück sonniger Wiese, eine silbernde Fontäne, Blumenbeete und Gärtner bei der Arbeit. »Entzückend, ganz entzückend,« monologisierte er und drehte sich, um die Seidenkissen aufzuschütteln. »Und wie höchst scharmant die Bilder,« sagte er weiter, das Auge von Tafel zu Tafel führend, die an den rosenstreifigen Wänden hingen. In den sehr delikat ausladenden Rahmen hatten die anmutigen und lockenden Gestalten Dorat's und seiner Schule Leben bekommen: schlanke Kinder in Cape und Maske gab es, entzückend lachend, erlesene Lüstlinge lehnten sich an die Schultern liebenswürdiger puppenhafter Damen und taten weiter nichts, fratzenhafte Pierrots, die sich wie Frauen hielten und auf irgendwas außerhalb des Bildes deuteten, etwas unheimliche Narren und absonderliche Weiber, die in einem Räume vor sich totflackerndem Kamin und in riesigem Schatten an Wand und Decke geheimnisvoll ineinander vergehen. Auf einem Bilde, das den Chevalier etwas verblüffte, spielte ein alter Marquis seine Fünffingerübung, während vor ihm seine Geliebte die heiße Mitte ihrer Hinterbacken einem heftigen Pudel darbot.

Der Chevalier war aus dem Bette gestiegen. Er ließ sein dünnes Nachtkleid fallen und stellte sich elegant vor einen hohen Spiegel, sich selbst genießend. Nun beugte er sich vor, jetzt legte er sich zu Boden, dann stellte er sich auf ein Bein und ließ das andere lose schleifend, daß er aussah, wie von einem italienischen Primitiven gezeichnet. Jetzt legte er sich, dem Spiegel den Rücken zugekehrt, auf den Boden und schaute über die Schulter weg verliebt sein Bild. Dann wieder wand er eine weiße Seidenschärpe auf hundert reizende Arten um seinen Leib. Er war so verliebt in sein Spiegelbild, so ganz damit beschäftigt, daß er den Eintritt einiger dienenden Knaben gar nicht merkte, die bewundernd und voller Respekt in einiger Entfernung auf die Entgegennahme seiner Morgenwünsche warteten. Als sie der Chevalier erblickte, lächelte er liebenswürdig und bat um die Bereitung des Bades. Die Salle aux bains war das größte, vielleicht auch schönste Appartement unter des Chevaliers prachtvollen Gemächern. Der bekannte Kupfer von Lorette, den er als Frontispice für Millevoye's Architecture du XVIII ᵉ siècle gestochen hat, gibt eine bessere Vorstellung von Bau und Ausgestaltung dieses Baderaumes, als meine Worte es könnten. Nur scheint mir das in die Mitte eingelassene Bad selber auf Lorette's Stich ein wenig zu klein zu sein.

Einen Augenblick verweilte der Chevalier und besah wie Narciß sein Spiegelbild in dem duftenden Wasser. Dann rührte er mit der Fußspitze die glatte Fläche, stieg mit elegantem Schwung in das laue Bassin und durchschwamm es mit Grazie.

Ob sie ihm nicht Gesellschaft leisten wollten? wandte er sich an die hübschen Jungen, die mit gewärmtem Leinenzeug und Parfüm bereit standen. Rasch warfen sie auf die Frage ihre leichten Morgenkleider ab und sprangen ins Wasser, den Chevalier in einem lachenden Reigen umkreisend. »Spritzt mich nur an, immerzu!« rief er, was nun auch die Buben mit solchem Eifer besorgten, daß dem Tannhäuser ganz heiß wurde vor Erregung. Er fing sich den Hübschesten, packte ihn und küßte ihn, daß es dem armen Jungen aufsprudelte wie einem Karmeliter. Zum Angriff überzugehen fehlte dem Knaben offenbar der Mut, weshalb Tannhäuser mit gnädiger Geschicklichkeit die Abwehr spielte, ein Zug solcher Großmut, daß er ihm die Herzen seiner Valets de bain oder seiner reizenden Fischlein gewann, wie er sie nannte, da sie um ihn herum und besonders gern zwischen seinen Beinen durchschwammen. Das Vergnügen am Bade selber ist lange nicht so groß wie das am Abgetrocknetwerden, wenn es mit Geschick gemacht wird, und Tannhäuser war mehr als zufrieden mit der Geschicklichkeit, die seine kleinen Diener bei dieser Arbeit zeigten, die man fast ein Liebesamt nennen konnte. Die allerzärtlichste Fürsorge, die sie den heimlichen Teilen seines Leibes erwiesen, weckte in ihm Empfindungen auf, für die er dankbar war, und nach also beendetem Kult war jede Spur früher gespürten Heimwehs vollkommen verschwunden.

Während der ausruhenden Erholung trank der Chevalier seine Schokolade. Nun trat er in den Ankleideraum. Hier waren Daucourt, sein Kammerdiener, Chenille, der Perückenmeister und Barbier nebst zwei entzückenden Jungen mit Rat und Tat zu seinen Diensten. Nach dem Rasieren befahl Daucourt den beiden Jungen, mit den Kleidern vorzutreten, aus denen die Wahl zu treffen Tannhäusern oblag. Die glückliche Entscheidung traf einen brillanten Rock aus zart-rosaroter Seide, lose liegend um die Hüften, aber gut anliegend an des Chevaliers vollendetem Hinterteil; Pantalons aus schwarzer Spitze, weich wie ein Jupon gefältelt und bis an die Knie reichend; das Hemd aus weißem Musselin mit Goldflitter. Unter Daucourts Anleitung, und mit größter Ehrfurcht vor dem Nackten, verrichteten ohne Hast die beiden Pagen ihr Werk an Tannhäusers verständnisvoll gewürdigten, eigentümlich schönen Körperformen.

Das achte Kapitel, welches berichtet von Adolphe's Verführung und nachfolgender Erklärung

Nun war alles gesagt und getan und der Chevalier begab sich zu Venus, ihr seinen Morgengruß darzubieten. Er traf sie in einem entzückenden weißen Musselinkleide auf der Wiese lustwandelnd und den Schmuck für ihren kleinen Frühstückstisch zum Strauße pflückend. Wie ein mutwilliger Junge küßte er sie in den Nacken.

»Ich bin gerade unterwegs, Adolphe das Futter zu bringen,« sagte die Göttin und hob leicht an ihrem Arm einen mit Pfeffernüssen gefülltes Retikül. »Adolphe ist so süß,« sagte sie weiter, »weiß wie Milch bis auf die schwarzen Augen und die rosenfarbnen Nüstern und den scharlachroten Schweif.« Das Einhorn Adolphe bewohnte ein eigenes reizendes Palais aus grünem Blattwerk und goldnem Gitter, eine Behausung höchst passend für das entzückende weiße Geschöpf, das stolz und einsam, nur Venus als Kameraden kennend und anerkennend, in seinem kunstvollen Käfig spazierte. Als Venus und Tannhäuser an die Tür traten, bäumte sich Adolphe und kurbettierte, schlug den weichen Rasen mit seinen Elfenbeinhufen und stellte seinen Schweif wie eine Kirchenfahne. Venus schob den Riegel. »Du mußt draußen bleiben,« sagte Venus zum Chevalier, »Adolphe ist so eifersüchtig, aber du darfst vor dem Gitter zusehen; Adolphe hat gern Publikum.« Dann brach sie mit ihren köstlichen Fingern die würzigen Kuchen und reichte dem feurigen Liebling sein Frühstück. Das letzte Stückchen war verzehrt; Venus wischte die Hände und tat als ob sie nun, ohne sich weiter um Adolphe zu kümmern, den Käfig verlassen wollte. Sie spielte jeden Morgen diese kleine Komödie, und jeden Morgen erlag der verliebte Adolphe dem Betruge in Angst und Qual, es könnte dieser Tag wirklich der letzte sein, den Venus ihn liebe. Doch ließ sie ihn nicht lange in dieser Verzweiflung. Sie lief gerührt zurück zu ihm und tat verehrungswürdige Buße für ihren lieblosen Scherz.

Wie glücklich war der arme Adolphe, als es ihm nun verstattet war, die königlichen Brüste mit feinster Zungenspitze zu streicheln! Der intensive Geruchsinn zieht Tiere zweifellos stärker zu Frauen als zu Männern, und der herrliche Geruch der Frau, der betäubend unsere Nüstern füllt, muß von der rohen Kreatur in noch göttlicherer Fülle geschmeckt werden. Doch sei dies auch anders zu begründen, jedenfalls schnupperte Adolphe um die Röcke der Venus wie es kaum je ein Mann tat mit solchem raschen Effekte; denn alsbald legte sich das Einhorn auf eine Seite zu Boden und bot geschlossenen Auges der Göttin erregt seinen Bauch mit dem Zeichen seiner Mannheit. Venus aber griff das Gewaltige und drückte es zärtlich an ihre Wangen; ganz wenige Berührungen genügten, um die Wonne des Tieres auf den Gipfel zu bringen. Venus stützte ihren linken Arm auf den Ellenbogen und bewegte ganz entzückend den weichen Unterarm auf und ab an dem straff gespannten Instrumente Adolphe's. Da sprang der Strom der Melodie auch schon empor im Bogen und das Einhorn gab erstaunlichen Gesang dazu aus seiner Kehle. Tannhäuser war amüsiert über die strenge Etikette im Venusberg, die jeden Bewohner zwang, den Gesang Adolphe's abzuwarten, bevor es gestattet war, sich zum Frühstück zu setzen.

Adolphe war an diesem Morgen sehr verschwenderisch gewesen. Venus kniete hin, wo immer es zu Boden gefallen war, und leckte ihr kleines Apéritif auf.

Das neunte Kapitel, welches berichtet von Venus und Tannhäusers Frühstück und nachfolgender Spazierfahrt durch die Gärten

Wer am Frühstück teilnahm, war in Tête-à-tête und kleinen Gesellschaften über die Gärten hin verstreut. Venus und Tannhäuser saßen auf der Wiese vor dem Pavillon und gaben sich mit verwüstendem Appetit dem exquisiten Déjeuner hin. Hell, weiß, morgendlich war alles, und der Chevalier fühlte sich glücklich; weitfaltige Kleider der Damen, knappes Kostüm der Knaben und Satyrn, die Speisen, Wein, Früchte servierten; die Tafeltücher Damast, der Unterhaltung erregender Lärm und Gelächter; Farben der Blumen, Ruch der Blüten, Schatten der Bäume, des Windes kühlsanftes Läuten, Blau des Himmels, rein und idyllisch wie eine Quint. Und zu dem allen sah Venus ganz bezaubernd aus, gar nicht wie diese Dame im Lemprière.

»Süß bist du,« flüsterte Tannhäuser und nahm ihre Hand.

Wo die Wiese randete, halb verborgen von einer Rosenhecke, frühstückte ein junger Mann ganz allein. Er stocherte ab und zu nervös in den Tellern, lehnte aber meistens mit müßigen Händen in seinen Stuhl zurück und starrte blöde auf Venus. »Das? Das ist Felix,« antwortete die Göttin auf die Frage des Chevaliers, und begann zu erklären. Felix erwarte sie auf ihren kleinen Ausflügen zum Klosett, hielte sie da auf und lege Wert darauf, ihr die Bänder zu lösen, die Röcke zu heben, zu lauern und warten bis das kam, in das er einen Finger tauchte oder Lippen, unter ihr liegend, wenn die Gnadenbezeugung fiel, um die kleinen braunen Reinetteäpfelchen wegzutragen, zusamt dem geknitterten Seidenpapiere – das war des jungen Mannes höchste Freude am Leben.

Nie ist eine Königin von ihren Untertanen mehr verehrt worden als Venus – man liebte alles an ihr. Wie stahl man ihr Taschentücher, die sie gebraucht, Strümpfe, die sie getragen hatte! Wie intrigierte man, wie heckte man Listen aus, um sich das Geringste von ihr zu verschaffen! So mit den Dingen, die sie trug oder berührte, so mit allem, was ihr Leib ausschied. Nie spuckte sie reichlich genug für Pradon! Und Saphius fand die Zeit von einem Monat zum andern unendlich lang! Und Savarel klagte über die zu geringe Menge ihres Ohrenschmalzes! Das Frühstück war eingenommen und des Herrn Felix Befürchtung, der Chevalier könnte ihn seiner launischen Anrechte beraubt haben, erwies sich als überflüssig. Nun lud Venus den Tannhäuser zu genauerer Besichtigung der Gärten, Parke, Pavillons und Wasserkünste ein. Der Wagen fuhr vor, ein elegantes, muschelgeformtes Fahrzeug, mit schwellenden Kissen unter einem hellen Dache, gezogen von zehn Satyrn, gekleidet in der Livree der Kutscher Kaiserin Paul I. Tannhäuser war von der ebenso abwechslungsreichen wie interessanten Spazierfahrt aufs höchste entzückt. Wie auch anders, wenn rechts und links vom Wege Wiesen voll reizender Kleider um Leiber sich breiten, Damen auf Blumenbeeten, reizendste Geschöpfe in der Glorie ihrer weiß aufgeworfenen Unterwäsche, daraus zarteste Waden fühlen, wenn im kühlen Baumschatten heiß umschlungene Knaben ruhen, auf dem Boden, im Geäst, wenn in den Kaskaden der Wasserkünste die Liebe festet, Wassers sich lachend wehrend, das in jeden Spalt und Falt dringt!

Ganz entzückt war Tannhäuser vom Anblick der kleinen Rosalie, die rücklings wie ein Postreiter auf dem farbigen Phallus des Gartengottes saß, mit geschlossenen Augen und lächelnd als das Cabriolet vorbeifuhr. Um Nacken und Kinderschultern lag das Gewühl ihrer hochgeschlagenen Kleider, darüber das Flachshaar wie eine Perücke fiel. Die Zehen der nackten Füße krampften sich in verliebter Verzückung ineinander. Zu Füßen des steinern Gottes lagen Rosaliens Schuhe und Strümpfe und einiges andere noch. Tannhäuser war höchst begeistert von Rosalie und fast aus der Haltung gebracht. Venus ließ, solches merkend, ihrer Finger linde Hilfe in die Spitzen seiner Pantalons gleiten. »Gehört das alles mir? Das alles mir?« sagte sie und tat etwas sehr Angenehmes. Vor dem Umwerfen bewahrte den Wagen nur die plötzlich irgendwoher auftauchende Priapusa, deren Augen einer alten Dame verschwammen, als Tannhäuser seinen zückenden Speer barg. In ihrer ehrlichen Begeisterung für alles Schöne vergaß und verzieh sie ganz den Nervenschok, den ihr die beinah stürzende Muschelkalesche gegeben hatte. Venus und der Chevalier erschöpften sich in Dankworten und Entschuldigungen, umringt von einem Schwarm tröstender und gratulierender Höflinge, die herbeigeeilt waren. Der Chevalier tat den Schwur, nie wieder einen Wagen zu besteigen, denn er war über den beinahen Umfall wirklich aufgeregt. Man reichte ihm Riechsalz, was ihn soweit wieder beruhigte, daß er mit der Weiterfahrt einverstanden war.

Die Landschaft verging ins Geheimnisvolle. Keine Gestalt unterbrach, kein Götterbild zierte mehr die Einförmigkeit des Parkes, der mit mysteriösen Stimmen und deren grautönenden Widerschallen sich füllte. Der Blätter Klingen verdüsterte sich ins Gedämpfte, und da murmelte eine Grotte wie eine Stimme, spukhaft in der Stille eines vergessenen Orakelortes. In der Fernsicht silberte reglos ein See durch die Bäume, in dem wohl die glattesten Fische schwammen, die es gab. Um seine Ufer schliefen Bäume, nicht aufzuwecken, dunkler Rasen bedeckt von Fleurs de luce.

Der See drängte den Chevalier in eine dunkle Stimmung. Das Wasser blickte, als ob es reden, ein seltsames Geheimnis mitteilen wollte, ein süßes Wort sagen – er brauchte es nur mit einem Kiesel zu wagen, das glatte bleiche Antlitz zu runzeln. »Als ob ich mich das zu tun fürchtete,« sagte er sich selber. Dann aber dachte er darüber, was wohl auf der andern Seite des Sees sein könnte, – andere Gärten? Andere Götter? Wie schlafmüde machendes Gewölk zogen durch ihn Gedanken. Da änderte sich der See, wurde zwanzigmal größer, oder wurde ganz winzige Miniatüre, doch blieb immer reglos, fremd. Wie das Wasser stieg, erschrak Tannhäuser, denn er mußte sich die Frösche vorstellen, wie die mit dem wachsenden See riesengroß werden mußten, mit riesigen Augen, ungeheuren nassen Beinen. Als der See wieder fiel, mußte er lachend an die nun ganz klein und zierlich werdenden Frösche denken, an deren zarte Spinnenfüße und an ihr gar nicht mehr hörbar feines Gequake. Aber vielleicht war der See nur eine Malerei? Und hatte er nur etwas gesehen wie auf dem Theater? Aber so oder so, es war ein herrlicher See, in dem er gern gebadet hätte. Doch wäre er dabei, dies wußte er, ganz bestimmt ertrunken.

Das zehnte Kapitel, welches berichtet vom Stabat Mater, von Spiridon und von De La Pine

Tannhäuser erwachte aus seinen träumerischen Gedanken erst als der Wagen auf dem Rückweg vor dem Kasino hielt, wo man ausstieg, um den Spielern bei den Petits chevaux zuzusehen. Tannhäuser, der viel lieber zusah als selber spielte, stand hinter dem Stuhl der Göttin, die Goldstücke auf gute Nummern setzte. Tannhäuser fielen die Croupiers auf, scharmante, schöne und selbst dann noch entzückende junge Herren, wenn sie die Verluste der Spieler einstrichen. Diese graziösen Croupiers waren in schwarze Seide gekleidet, trugen weiße Glacés, lockere gelbe Perücken mit einem Federschmuck darin. Gar nichts erinnerte in diesen jungen Gesichtern und warmen klingenden Stimmen an die wirkliche Arroganz und lächerliche Wichtigtuerei und die abominable Häßlichkeit der Croupiers, wie man sie kennt. Besonders der Ausrufer der Gewinne war ganz entzückend. Er liebte leidenschaftlich seine Pferdchen, von deren Hodensäckchen er bereits die ganze Farbe geleckt hatte, und das war, wenn man mich fragen sollte, ob das alles sei, nicht ganz alles, denn der deutlich sichtbare Glanz an den kleinen Popos der Pferdchen sagte, daß auch ihnen des hübschen Croupiers begeisterte Liebe zuteil wurde.

Der Nachmittag lichtete durch die hohen, seidenverschlossenen Fenster auf das Gold der Wände, die Armleuchter, die Spiegel, den parkettierten Boden, die bemalte Decke, die um eine grüne Wiese sausenden Pferdchen, die elfenbeinen Rechen der Croupiers, die geschmückte, befrackte Menge der Spieler, und alles wurde warm und prächtig in diesem Lichte. Man servierte den Tee. Es sah reizend aus, wie manche samtene Dame an der Tasse nippte und dabei die Augen fest auf die herumjagenden Pferdchen hielt. Die sich nicht dafür interessierten, verließen den Spieltisch und nahmen im Tête-à-tête oder in Gesellschaft den Tee.

Tannhäuser fand das Kasino sehr anregend. War ja auch Ponchon ein Festarrangeur von ganz ungewöhnlicher Erfindung. Kein Tag, wo er nicht mit Neuem überraschte, wovon man sich, wie auch von der Art seines Talentes, durch Blättern in den alten Kasinoprogrammen überzeugen kann, – welche Menge von Balletten, Komödien, Komödie-Balletten, Konzerten, Bällen, Pantomimen, Rätselspielen, Zaubertheatern, Burlesken, Marionetten! Dieser Ponchon witterte neue Talente aus mit einem verblüffenden Spürsinn, und nicht wenige erste Darsteller und Sänger am Theater der Königin und in ihrem Opernhaus hatten im Kasino debütiert und hier ihren Ruf begründet.

Pièce de restistance dieses Nachmittages war eine Aufführung von Rossinis verehrungswürdigem Meisterwerk, dem Stabat Mater. Sie ging in dem Prunksaale der Printemps Parfumés vor sich und war eine unerhörte Mis-en-scène dieser köstlichen demodierten Pièce der Dekadenz, über deren Musik es liegt wie morbider Tau auf Wachsfrüchten, was Sänger sowohl wie Orchester zu höchster Delikatesse in der Tongebung steigert.

Spiridion sang die Altpartie der Jungfrau. Und er machte in der Tat eine Jungfrau voller Gnaden aus ihr. Um mit seinem starken Kostüm zu beginnen, waren die Schenkel bis hinauf zu den weiblich breiten Hüften in weiße Strümpfe mit rosa Zwickeln gesteckt, unten bis zur Mitte der Wade bedeckt von braunen Knopfschuhen aus Lackleder; um die hurenhaft üppigen Schenkel trug er dünne, scharlachrote Strumpfbänder. Die Ärmel seiner kurzen Reitjacke nach Jockeiart lösten sich in Falten und Volants, auf den Schultern lag ihm ein schwarzer Halskragen. Das Haar war grün gefärbt und gelockt, dem ähnlich, womit Luis de Morales, der Divino, seine gütig-zarten Madonnen schmückt, und es fiel, um das Oval der hohen, fettglänzenden Stirn sich scheitelnd, über Ohren und Wangen bis auf den Rücken. Des Altisten Gesicht war ein Traumspuk, erschreckend und zauberisch. Die großen schwarzen Augen lagen auf starken, blaugeäderten Säckchen, die ins Fette wollenden Wangen trugen Puder und Grübchen, der Mund war ein purpurrotes Rosenblatt, das Kinn voll Zartheit, der Ausdruck dieses Gesichts weibisch grausam. Großer Himmel, wie herrlich sah er aus und trug er vor! Er begleitete seinen Gesang mit rundenden Gesten der kleinen Hand, einer erregenden Bauchatmung, einem bebenden Zittern der trikotierten Beine und dem Gloria eines sich hebenden und senkenden Busens.

Die Begeisterung entlud sich in prasselnden Donner des Applauses. Claude und Clair warfen Rosen auf den tollen Burschen und trugen ihn im Triumph zwischen die Tische. Man erklärte sich von seinem Kostüm genotzüchtigt. Insonders die Männer rissen ihn in Stücke, schnappten nach seinen mächtigen, zitternden Hinterbacken. Ganz vergessen waren die petits chevaux.

Da nickte und fand auch schon der witzige Sup rechten Weg durch die fleischfarbnen Trikots und trieb sich rüstig bis ans Heft hinein, während alle Anhänger des egoistischen Kultes, Pudex, Cyril, Anquetin, Ballice, Cervo, Quadra, Senillé, Mellefont, Théodore, Le Vit und Maka um das Paar standen und knieten und es mit ihren warmen Sprés sättigten.

Am spätern Nachmittag schenkten Venus und der Chevalier dem Atelier de la Pine's eine kurze Visite, denn der Chevalier hatte große Lust, von dem Meister porträtiert zu werden. De la Pine's Ruf als Maler war von seinem Ruhme als Berater sehr gewachsen, denn alle Damen, die des Vergnügens an seiner letzten Kunst sich erinnerten, schenkten der andern einen wohlwollenden Seitenblick, mit der er seine Fêtes galantes gemalt hatte. De la Pine war was man einen Gaillard nennt und sein Atelier ein richtiges Bordell. Aber es brauchte sein bedeutendes Talent in Wahrheit dieser hurerischen und praktischen Beihilfe gar nicht, denn er war mit seinem Malpinsel nicht weniger stark und geschickt als mit seinem andern Pinsel. Als Venus und Tannhäuser seine Werkstatt betraten, stand der sehr kleine Maler inmitten von Freunden und Kennern, die sein letztes Bild bewunderten, eine kleine Leinwand, eines seiner entzückenden Lévers. Auf einem italienischen Balkon lehnte eine Dame und las einen Brief. Unter dem strohgelben Rock wurden die braunen Strümpfe, die weißen Schuhe sichtbar. Auf dem zu einem Knoten gebundenen Fuchshaar trug sie einen Florentiner Strohhut. Ihr zu Füßen lag ein reizender kleiner Japan-Hund, zu dem Fanny, der Liebling der Göttin, Modell lag. Auf der Ballustrade stand ein leerer Vogelkäfig offen. Im Hintergrund blaute morgendlich eine französische Landschaft. Baumgruppen auf Hügeln, Stück eines Flusses, ein Schloß.

De la Pine eilte herbei, die duftende Hand der Venus zu küssen, Tannhäuser aber machte eine große Verbeugung mit der Bitte, einige Bilder sich ansehen zu dürfen, worauf ihr der zwerghafte Künstler in seinen Atelier herumführte. Cosmé befand sich gerade unter den Anwesenden denn de la Pine malte sein Porträt das nebenbei ein Chef d'oeuvre zu werden versprach, wie es der von allen geliebte und bewunderte Cosmé auch verdiente. Er war Großmeister in seinem Fache, der so delikaten und wichtigen Kunst des Haardresses; dazu war er zuvorkommend und so sehr bescheiden, daß man ihn nie woanders sah und traf als wo man ihn brauchte. Dann wirkte er in seiner weißen Schürze, der schwarzen Atlasmaske und dem silbernen Kleid sehr gut im Räume. Und dann war er diskret. Der Maler hatte für Venus und den Chevalier ein kleines Souper vorbereitet und drang in Cosmé, daran teilzunehmen, aber der gute Coiffeur tat den Schwur, dies sei de trop und es kostete viele Mühe und eines auffordernden Wortes der Venus, daß er endlich annahm.

Es war eine reizende partie carrée! Der Maler festlich in Purpur, das Haar pompös gelockt, die schweren Augenlider bemalt, seine Bewegungen ein bißchen bei aller Ungeniertheit romantisch, erinnerte er ein bißchen an Maurel als Wolfram im zweiten Akt der Wagnerschen Oper. Venus trug eine hinreißende Toilette aus Camille' Hand, und sah aus wie K.... Tannhäuser war als Dame gekleidet, göttlich schön. Cosmé strahlte in Gold starrte in Krausen, glitzerte in schimmernden Knöpfen, das Gesicht gemalt, in großer Perücke; er sah aus wie der Marquis in einer komischer Oper

Das elfte Kapitel, welches etwas enigmatisch von den Heiligen im Venusberg berichtet

Es waren, Tannhäuser erinnerte sich des Zusammenhanges und Anlasses nicht mehr, einmal während des Festes bei de la Pine Heilige des Hörselberges genannt worden; nur dieses Wort, unsere lieben Heiligen, und dies fiel dem Chevalier ein, als er sich am andern Morgen etwas erschöpft und Beschaulichkeit geneigter als sonst beim Frühstück einfand. Aber Priapusa verzog die vielen Wülste ihres Gesichtes zu einer abscheulichen Grimasse, als er nach der Bewandtnis der Heiligen fragte, und Venus öffnete erschreckt ein ganz klein wenig den Mund, so daß sich auf ihrer Stirn, eben noch lachend, eine kleine Falte Unmutes oder Sorge bildete. Der Chevalier entschuldigte sich aber gleich höflich, leider von etwas gesprochen zu haben, wovon man, wie er merke, nicht gern rede, und neigte seine Lippen über jene Stelle, wo die Brust der Göttin mit zärtlicher Verliebtheit, und nicht ohne ein einladendes Adieu zu sagen, unter die Achsel verschwindet. Ich werde de la Pine fragen, dachte er dabei. Er hatte ihm für den Nachmittag eine Sitzung versprochen.

»Ja, unsere liebe Frau vom Berge liebt es nicht, an jene ihrer treuesten Diener in der Untreue erinnert zu werden,« sagte de la Pine, während er die vibrierende Linie von Tannhäusers Profil mit dem Pinsel auf die Tafel zog. »Sie zittert für jeden ihrer Freunde, er könnte so ein Heiliger werden, wie man in diesem scharmanten Höllenhimmel des Berges dessen Pensionäre nennt, die hier wie Eremiten leben. Man will doch vor dem andern Himmel des großen Herrn nicht zurückstehn, vous-savez, und darum, wenn auch sonderbare, so immerhin unsere Heilige. Wieviele? Ich kenne vier oder fünf, aber es sollen ihrer mehr jenseits des Sees leben, geht das Gerücht, jeder in seinem Turm ganz komfortabel, aber nach einer Regel, ein bißchen mönchisch. Sie empfangen zum Beispiel nie eine Frau, was für unsere Damen so verlockend ist, daß sie manchmal Ausflüge nach den Türmen machen, um aber immer verschlossene Türen zu finden.«

De la Pine machte eine Pause, die Tannhäuser nicht unterbrechen wollte aus Höflichkeit gegen ein nun einmal dem Maler gehörendes Profil. Schon sprach wieder der Maler, weniger interessiert an dem Gegenstand als daran, dem Gesichte des Chevaliers die Spannung zu geben, die er für seine Malerei brauchte.

»Philosophisch gesprochen sind unsere Heiligen dem Begriffe nach das bißchen Metaphysik, das wir uns hier im Berge leisten können. Sie werden ja schon bemerkt haben, daß wir nur einen Kuppelhorizont besitzen und dementsprechend ist auch unsere Transzendenz eigentlich nur so. Eine kleine Koketterie. Selbst wenn unsere Heiligen von Gott reden sollten, geschähe das immer im Schatten des Mons de Venus, dem einzigen Gebirge dieses entzückenden Ortes, wie Sie wissen, mein lieber Chevalier. Sie machen übrigens ein so nachdenkliches Gesicht, daß es mich versucht, Ihnen einen Heiligenschein zu malen.« Und der Maler lächelte ein florentinisches Lächeln, als er hinzufügte: »Jetzt schon?«

»Ihre Bemerkungen waren so allgemeiner Art, verehrter Meister, daß ich das Eindeutige Ihrer Frage nicht recht verstehe,« sagte der Chevalier etwas verwirrt und wollte damit, daß er sein Spitzentuch leicht an die Stirne führte, andeuten, daß er die Sitzung beendet wünschte. Aber der Maler hatte bereits die Tafel von der Staffelei genommen und verkehrt an die Wand gestellt, was, geschah es gegen die Neugierde, nicht nötig gewesen wäre, denn Tannhäuser dachte gar nicht an das Bild, so wenig auf seiner Höhe fühlte er sich.

Man ging auf die weit in den Park springende Loggia, unter deren Zeltdach aus erbsengrüner Seide die zwölfjährige Palmyre, de la Pines kleinste Freundin vom Tage, den Tee gerichtet hatte.

»Nicht nur meine Fratze,« sagte der Maler, »ist eines Faunes der alten Zeit, der sich weigerte, unter das gekreuzte Holz zu treten. Mein Blut oder wie Sie das nennen wollen, ist so, daß es nicht einmal zu einem Heiligen unseres Berges was abgibt. Dann bin ich auch ein Maler, und der blasse Gedanke versucht mich nicht, auch nicht in der Gestalt der erschöpften Frauen im Nachher, denn ich mache mich, droht derlei von ferne, immer wieder frei davon bei den Kindern, die es treibt und die es treiben wie die Zicklein auf der Wiese, nur mit Freuden und ohne Vor- und Nachgedanken. Die Zehnjährige macht nie, küßt man sie, das tragische Gesicht, das wir an den Frauen erfahren nach ihrem achtzehnten Geburtstag, wenn sie glauben, nun begänne die Liebe.«

Tannhäuser bekam von dem, was de la Pine sagte, einen etwas faden Geschmack im Gaumen; er fand diesen und hätte auch jeden andern Versuch, die Lust der Sinne und das Selbstgenügen in dieser Lust mit Worten zu rechtfertigen, etwas lächerlich gefunden, weil hier Mühe der Worte auf einen Zweck gewandt war, den, hat man ihn einmal erkannt, jedes darauf gerichtete Wort verdächtig macht. Wie ridikül, dachte er, ist doch jeder Versuch, im Priapischen Sinn zu suchen oder ihm gar eine Philosophie zu geben außer einer sehr traurigen; diese vergnügliche des guten de la Pine ist direkt albern, wofür er nur Entschuldigung in dem verzeihlichen Umstand hat, daß er ein Maler ist, also nicht verpflichtet zu anständigem Denken.

Es war darum nicht Antwort, sondern eine Stelle solcher Gedanken, als der Chevalier sagte:

»Macchiavell hätte nie einen Heiligen aus sich machen können, auch mit bestem Willen dazu nicht. Wohl aber Franz von Assisi einen Macchiavell und Schlimmeres noch, denn der Florentiner war doch nur ein kleiner Kommis in den Bureaus der Politik, der Mann aus Assisi aber führte eine Armee von zwanzigtausend Mönchen und gab Millionen eine noch immer befolgte Regel.«

»Darüber werden Sie sich besser als mit mir mit unserm Heiligen Sholeros unterhalten können, mein lieber Chevalier, er ist recht stark in der Theologie –.«

»Nichts weiter?« fragte Tannhäuser interessiert.

»Keineswegs schwach in allem andern, denn um bei uns hier ein Heiliger zu werden, muß man sich noch sozusagen im Stande der phallischen Gnade befinden, anders entspräche ja dem Verdienste kein Opfer, und darauf legt auch unsere Dogmatik wert, daß man aus dem Können heraus verzichtet und eine Tugend nicht aus einem Zustand gewinnt, der faute des moyens Untugend gar nicht mehr in sich trägt als eine Möglichkeit.«

»Aber was ist es,« fragte mehr nachdenklich als auf Antwort neugierig der Chevalier, »was ist es, das solche Wandlung herbeiführt? Welcher Wegweiser steht da mit solcher Macht, daß er abzwingt vom reizend befundenen Wege in einen andern, der doch, wollen die Sinne immer noch den Galopp, recht schwierig und leicht gangbar doch nur für jene sein muß, die einen ausgeschlürften Leib am Stocke hinschleppen? Sagen Sie nicht Überdruß oder Ekel, denn das sind so kleine Hindernisse, immer wiederkehrend, daß man sie gewöhnt und leicht nimmt in einem Sprunge. Es muß was ganz anderes sein.«

»Ich rate nur. Vielleicht ist sichere Voraussicht solchen ausgeschlürften Leibes und die Angst davor so groß, daß sie die Wendung herbeiführen.«

»Das wäre dann nur eine hygienische Maßregel und recht schwächlich, um so Bedeutungvolles auszuwirken, wie es der völlige Verzicht ist. Angst müßte schon vor mehr sein als davor, bloß daß ein Tag käme, an dem man vor Ruinen steht und klagt. Und warum sollte, da die Vergänglichkeit des irdischen Leibes ein Wissen von früh auf ist, gerade *diese* Vergänglichkeit uns so sehr erschrecken, daß wir mitten im Tage auf den Tag verzichten für immer und für immer in die Nacht gehen? Wir sterben ein bißchen in jeder Umarmung, was wohl auch Teil des Vergnügens ist, das wir in ihr empfinden, sterben, um mit nachlassender Kraft Auferstehung zu erleben, – soll uns dies auf einmal so sehr erschrecken, daß wir auf dieses Immer-wieder-sterben verzichten, wo uns doch der Tod gewiß ist und das Leben mit dem Verzicht nicht gewonnen wird? Aus so engem Sehen kann sich solcher Umkreis des Schauens nicht auftun, wie ihn doch jene besitzen, die mitten aus dem Glück ihrer Sinne diesem Glück absagen, bevor sie von den Sinnen Absage bekommen.« Der Chevalier Tannhäuser hatte sich erhoben.

»Mir steht als Maler ein Recht darauf zu, keine profunden Gedanken zu haben und mich mit den Gemeinplätzen eines wie ich zugebe etwas gewöhnlichen Sensualismus zu begnügen. Ich bin das der Reizbarkeit meiner Augen schuldig. Meine Erklärung für jene Wende, die Sie so beschäftigt, wird Ihnen darum sicher nicht genügen, lieber Chevalier, denn sie bewegt sich im Lustkreis. Ich meine oder vielmehr ich vermute als eine Möglichkeit, daß der Ausübung der theologischen Tugenden eine Lust innewohnt größer als der Ausübung aller theologischen

Laster. Darauf sind unsere Heiligen durch glückliche Umstände gekommen und wären also eigentlich um ihr größeres Vergnügen zu beneiden.«

»Wäre es so, mein lieber de la Pine, dann nennten Sie ihre bequemen Pensionäre Heilige ganz mit Unrecht, denn Glücklichkeit kann doch wohl nicht Zustand des Heiligen sein, sondern Verzweiflung. Der glückliche Mensch dieses Lebens ist doch sicher der von Gott fernste. Ich werde mir die seltsamen Herren ansehen.«

Ich werde sein Porträt nicht fertigmalen können, dachte de la Pine, als Tannhäuser gegangen war.

Das zwölfte Kapitel erzählt, wie der Chevalier Tannhäuser sich zu den Heiligen des Hörselberges begab

Der Chevalier nahm von dem kleinen Gefolge, das zu Pferde oder in Cabriolets seine Sänfte begleitet hatte, Abschied, als man unter den hohen Uferbäumen angelangt war, wo bereits die schmale Gondel wartete, die ihn ans andere Ufer bringen sollte. Die Damen und Herren hatten den Weg her ihren Witz über des Chevaliers Wallfahrt, wie Pulex den Ausflug nannte, so ganz ausgegeben, daß nichts davon übrig geblieben war, als man Tannhäuser aus der Sänfte holte, die, so klein sie war, ihn nicht allein beherbergt hatte. Denn im letzten Augenblick hatte Venus ihr Schmollen aufgegeben und sich in das zierliche Gehäuse aus Rosenholz gezwängt, ganz nackt, um besser Platz zu haben und dem Wallfahrer näher zu sein, dem sie auf eine Weise den Weg kürzte, daß es ihm mehr als einmal den Atem benahm – ein Pedant hätte dreimal zählen können. »Damit du nicht nach deiner Rückkehr glaubst, mir spränge ein rotes Mäuschen aus dem Munde,« erklärte ihm die Göttin die unermüdliche Geschäftigkeit ihres Züngleins, das flackernd wie eine Flamme, beweglich wie ein Schlangenschwänzchen ihm über den Leib tanzte, soweit er unbekleidet war oder die Göttin ihn nicht bekleidet ließ. Des Chevaliers beide Pagen, die ihn zu seiner Aufwartung begleiteten, brauchten auch bei aller Eile, die sie sich gaben, einige Zeit, Tannhäusers derangierte Toilette wieder in Ordnung zu bringen. Venus aber blieb unsichtbar hinter den zugezogenen Vorhängen der Sänfte. Nahstehende konnten die Töne, die sie aus dem Innern vernahmen, nicht bestimmt deuten; dem einen klang es wie leises Weinen, dem andern wie unterdrücktes Lachen.

Der Chevalier winkte von der Gondel aus noch ein-, zweimal mit seinem Spitzentuch und ließ sich dann etwas ermüdet auf die Kissen gleiten. Er sah vier rasche Ruder sich bewegen, nicht aber, wer sie bewegte.

Als ob riesige Spinnetze, auf die es Asche geregnet, den Wald des Ufers, dem er zufuhr, bedeckten, so war es ihm, als die Gondel abstieß, erschienen; nun, da er näher kam, schwand das graue Gespinst mählich und jetzt leuchtete Blatt um Blatt in allen Graden des Grün. Er blickte zurück, und das Ufer, von dem ganz kleine farbige Fleckchen, die Nachzügler der Kavalkade, verschwanden, starrte in verstorbenen Bäumen hoch wie eine Mauer aus grauem verwitterten Stein, über der nicht Himmel lag, sondern ein schmutziges, endloses Tuch.

Bevor der Chevalier die Frage, die er sich stellte, beantworten konnte, in welche Naturwissenschaft dieses Phänomen gehöre oder ob er nur einer optischen Täuschung erliege, fuhr die Gondel in eine liebliche Bucht ein, wo sie an einer kleinen Mole anlegte wie ein apportierendes Hündchen; denn immer noch blieb des Bootes Bemannung unsichtbar.

Aber aus der Landschaft kam der anschwellende und verklingende Ton – der Chevalier konnte nicht sagen eines Hornes oder einer Windharfe oder eines fremdartigen Tieres.

Jedenfalls bedeutet es, daß man mich erwartet, dachte er und stieg ans Land. Ein sicher wenig begangner, aber doch sichtbarer Weg, den der Chevalier nach kurzem Zaudern einschlug, führte unter guten Bäumen hin, durch schön geschorene Wiesen, die um Strauchinseln kräuselten, dann einen hüpfenden Bach entlang, und der Chevalier nahm unwillkürlich den bedächtigen Gang eines englischen Landlord an auf dem Wege zu seinem Fischwasser, wie wir ihn aus den Ausstellungen der Königlichen Aquarellistenschule kennen. Diesem Ufer fehlt sichtbar das Frou-Frou des andern Ufers, dachte Tannhäuser, immerhin ist die Natürlichkeit nicht so impertinent wie sonst in der Natur. Und da die Sonne noch hoch stand und der Chevalier nicht zu fürchten brauchte, die Nacht könnte ihn überkommen, bevor er Haus und Herd eines Heiligen gefunden, schritt er mit zierlicher Gemächlichkeit durch die Landschaft, ganz zufrieden damit, daß sie nicht überraschte. In den Umstand, daß man ihn hier erwartete, aber nicht empfing, fand er sich als eine bei den Heiligen wohl bräuchliche Formlosigkeit. Ein Eremit muß einen Besuch wohl dulden, dachte er, aber daß er ihn vom Bahnhof abhole, ist als unverträglich mit dem Begriff der Eremitage nicht zu verlangen.

Der ins Bukolische seiner Wanderung schon etwas verliebte Tannhäuser wollte gerade eine ländliche Betrachtung über einen hämmernden Specht anstellen, als der Weg sich in eine Lichtung begab und Helles von einem Mauerwerk, halb Landhaus, halb Pavillon, seinen Schritt aufhielt. Und schon mußte er bemerkt worden sein; denn ein Diener, gewöhnlich, daß er hätte Joseph heißen können, kam mit würdiger Eile ans Parktor, das er öffnete. Der Chevalier trat näher, und der Joseph meldete mit einer Verbeugung:

»Der Herr Chevalier werden vom gnädigen Herrn erwartet.«

Das dreizehnte Kapitel, das vom Besuche Tannhäusers bei Herrn von Pâris berichtet

Aus Andeutungen de la Pines erkannte der Chevalier in der blühweißen schlanken Kutte und in dem dunklen geschorenen Köpfchen Herrn von Pâris, dessen ganz kurze Stirn eine Draperie von drei Falten über scheuen Eulenaugen zog, als er Tannhäuser begrüßte, mehr verlegen als kühl, wozu die flinkfertig spitze, fast gleichschenkelige Nase mit ihrer klerikalen Fröhlichkeit nicht ganz passen wollte, die für ihren konstruktiven Fürwitz von Herrn von Pâris auch durch einen Mund gestraft wurde, der sich zu einem die Lustigkeit dementierenden O zusammenzog. »Ohne die kreisrunden Augen sieht er aus wie ein überraschter Igel,« hatte de la Pine von Pâris etwas boshaft wohl nur deshalb gesagt, weil auch dieser malte. Aber er schob das bunte Blatt und ein paar Dutzend Farbenscheibchen wie ablehnend beiseite, als der Chevalier etwas von Malerei sagte, und erklärte sich lächelnd für einen Dilettanten auch darin, und daß er sich nach andern Versuchen für dieses Harmloseste entschieden habe, auf kleine Blätter Papier, als ob sie Wände wären, Fresken zu pinseln. Und er gab für den Dilettanten, wie er ihn verstünde, die Definition eines Menschen, der den Begriff der Leidenschaft wohl habe, sich aber ganz in keine werfen könne, also für ein Opfer geboren sei, das er nicht bringe und deshalb im Leeren lebe.

Der Diener brachte eine hohe Karaffe ganz vorzüglichen Burgunders, mit dessen erstem Glas das O des Mundes schwand und dessen zweites die Draperie der Stirn um zwei Faltenwürfe minderte. Beim dritten Glase war Herr von Pâris fast so fröhlich wie seine Nase, die nach Spaniol lüstern schien, und die Mitteilung, daß man von des Chevaliers Ankunft im Hörselberg wisse, ja ihn da auch gesehen habe, schuf diesem Erleichterung, der sich etwas in der Rolle eines neugierigen Ausfragers fürchtete. »Wir haben hier,« sagte Herr von Pâris, »ein jeder in seinem Hause so eine kleine Maschinerie, eine Art Camera obscura; man braucht nur das Sehrohr in die Höhe zu schrauben und auf dem weißen Tisch sehen wir, wenn auch nicht in die Interieurs, so doch in die Exterieurs des Berges. Man soll sich aber, wie mir meine Nachbarn sagen, diese Neugierde bald abgewöhnen. Was mich betrifft, so bin ich von meiner Romfahrt noch nicht lange genug zurück.«

»Sie waren in Rom?«

»Alle, die hier wohnen, waren dort, nachdem sie drüben im Berge waren.«

»Und alle sind auf diese bukolische Seite des Berges zurückgekehrt?«

»Wir haben einmal einen Kuß empfangen, so stark, daß er eine Runzel, eine Rune in unserem Herzen gegraben – wir können sie nicht tilgen und nicht entziffern. Wir konnten zwischen Leidenschaft und Lust nicht wählen, darum leben wir im Leeren. Sie werden es bald selber erfahren, Herr Chevalier, denn sonst wären Sie nicht hierher zu uns gekommen.«

»Ich begann mich vielleicht zu langweilen.«

Pâris nahm ein Blatt und zeigte es dem Chevalier. »Da Sie ja doch von meiner Malerei wissen – hier habe ich den Don Juan von Mañara zu malen versucht, wie er sich langweilt.« Das Blatt zeigte einen Verzweifelten, und die beiden Herren begannen ein lange währendes Gespräch darüber, dessen Satz um Satz in Rede und Gegenrede aufzuschreiben mein gesetztes Maß überschritte. Die Wichtigkeit, die es aber für den Chevalier auf dem Wege seiner Passion hatte, macht eine Widergabe in extenso nötig. Der Don sucht das Lösungswort der Welt im Mysterium der Frau, die dessen in ihren Jüpons mehr verbirgt als Philosophen fragen können. Daß er immer Handschuhe trage und vortrefflich chaussiert und seine Courage ein bißchen renommistisch sei, soll nicht täuschen, denn er braucht die verhübschende Galanterie als ein unerläßliches Mittel zur Eroberung der Frau. Zu sich selber stellt er Fragen wie der Doktor Faust. Denn er ist einer, der zu seinem Malheur in der Liebe nicht den Kopf verliert und der sich immer selber zusieht, auch in der tollsten Aktion, nicht nur im Improvisato der Lüge. Er verführt durch den Zauber des Bösen, worauf sich die Frauen, denen der Teufel in den Lenden sitzt, verstehen. Das Böse hockt bei der Lust und die Lust beim Bösen. An dieser Stelle gab es zwischen den beiden Herrn eine Differenz über den Wert christlicher Maximen für die Wahrheit, und man kam überein, daß diese Maximen unlösbar seien vom christlichen Gedanken und daß sie isoliert jeden vernünftigen Sinn verlören. In einer späteren Unterhaltung mit Sholeros wurde dann erkannt, daß es andere als christliche Wahrheiten überhaupt nicht gäbe und daß was sich dafür halte nur schwächliche Derivate eben dieser Wahrheiten seien, z. B. die ethische Stumpfsinnigkeit der Stoiker. Jede Antwort auf die Frage nach dem Wesen eines Dinges sei christlich, auch wenn ein alter Chinese die Frage stelle.

Darauf konkretierte man das Gespräch wieder im Don Juan, dessen Fatalität im Fleische sei, das er, als ein Wollüstiger, begehre, ohne je Befriedigung dieses Begehrens zu finden, denn je größer und stärker dieses sei, um so weniger gibt es sich zufrieden. Daraus die Trauer des Don. Er muß von einer Frau zur andern, nicht des Vergnügens wegen, dessen Gleichförmigkeit er ja allzurasch erfuhr, sondern der Leere wegen, die er in jeder Frau auslotet. Seine Sinne glühen, aber sein Kopf bleibt Eis; daß dieses schmölze, mit den Sinnen zum Sieden gebracht werde, geht er suchend von Frau zu Frau, den Schatz des Geheimnisses suchend, an den sein Fleisch glaubt, und er verhungert an der reichen Tafel. Er kann keine Frau auf einmal in ihrem Fleische und in ihrem Geiste lieben. Nur die Liebe, die man als die blinde die wahre nennt, trifft dieses Kunststück des Prestigitateurs, wo die verliebte Seele sich die Illusion des schönen Fleisches auch in der Häßlichsten schafft oder Leidenschaft des Fleisches der Schönsten schenkt, was sie nicht besitzt: Seele.

Tannhäuser suchte aus all dem was Hero? von Paris sagte dessen innere Person und deren evidenten Leidenscharakter, denn Geschicklichkeit, welche hier knirschende Scharniere der seelischen Türen ölte, täuschte ihn nicht. Für welchen Begriff war dieser Mensch hier? Welcher Idee Geste ist er? Darauf suchte er sich Antwort, denn Kenntnis eines Einzelschicksales hätte nur kleine Neugierde befriedigt, wonach ihm gar nicht der Sinn stand. Den Zufall anerkennen heißt in jeder Weise verzichten. Das Erste ist das Gesetz. Hier schien es ihm einfach genug. Jeder Mann ist im Grunde seines Wesens donjuanisch; er begehrt, und das Begehren erlischt im Besitz; wer es mit einer begehrten Frau, diese besitzend, mehr als einmal tut, erliegt Bräuchen äußerer Not. Man hat diesen Fall heiligen müssen, indem man ihn sakramentierte. Der Respekt dieses frommen Herrn von Pâris vor dem Sakramente ist nun so groß wie seine Erkenntnis tiefer ist, daß er immer wieder verlangend Besitz verlassen muß. Entmutigt tut er Verzicht. Aber der Chevalier merkte, daß es in dem Räume unendlich fein zerstäubt nach Frauen roch, ein bißchen welk, ein bißchen lau, als ob die Duftessenz aus Träumen destilliert wäre, Träumen aus Nächten längst vergangen.

Das vierzehnte Kapitel, welches vom Besuche des Tannhäuser bei Sholeros berichtet

Der Chevalier traf den pergamentgelben Sholeros versenkt in Betrachtung eines stachligen Kaktus an, und des ethischen Kanonikers üppige Lippen wandten sich fromm in sich selber, so daß sie messerdünn und demütig in dem zerwühlten Gesichte des Mannes sich kaum öffnend standen, als er, die etwas verquollenen Augen nicht abwendend von der stachligen Walze mit der roten Wachsblume, das folgende sprach:

»Wenn es eine durch ihren Duft wollüstige und berauschende Blume, also eine ganz perfide gibt, so ist es die Lilie, in welcher unbedachte Moralisten schwächlicher Observanz das Symbol vollkommener jungfräulicher Keuschheit verehren, jener, welche sich Gott darbringt. Kann man aber die reinste Reine mit dem Bilde intensivster Lust darstellen als welche jene ist, welche unmittelbar durch den Geruch, den am wenigsten vergeistigten Sinn, zu uns spricht? Es ist vielmehr eine Blume, konform der Idee der Keuschheit zu finden, die in sich das Mindestmögliche der Konkupiszenz enthält und weniger verliebt stirbt als Rose oder Lilie. Ich möchte die Eintagsblüte des Kaktus vorschlagen als die reinste und keuscheste Blume. Weiß oder blaßrosafarben erschließt sie sich, lebt einen Tag, verwelkt und stirbt. Nichts bleibt von ihrer Schönheit, nicht die Spur eines Duftes haucht sie in ihre Umgebung aus. Sie ist von Stacheln umgeben, die sie vor jeder Kosung schützen, und sie verschwindet, nachdem sie ihre niedere Rolle im zarten Leben der Pflanzen erfüllt hat, ohne vielleicht zu wissen, welches ihre Schönheit sei. Der Kaktus ist ganz Wissen und ganz Weisheit. Mit Wasser gefüllt, wenn die andern Vegetabilien von der Dürre leiden, holt er Leben und Glück aus sich selber. Er besitzt in seiner Häßlichkeit so viel Stärke, wie das Veilchen, wie die Orchidee Schwäche in ihrer Schönheit besitzen. Er gleicht nicht jenen Revolutionären des Glaubens, die sich vor keiner Kontingenz zu beugen erklären und doch damit enden, alle Kontingenzen hinzunehmen. Der Kaktus setzt den Sollizitationen der äußern Welt einen sanften, friedlichen, aber hartnäckigen Widerstand entgegen. Seine Haltung ist Beispiel und Lehre für unsere Haltung. Der Kaktus ist ein symbolisches Beispiel für unsern Glauben.«

Die Blüte neigte sich wie dankend ihrem Lobredner zu und minderte in ergreifender Bescheidenheit welkend ihren Umfang um gut zwei Drittel. Sholeros zeigte lächelnd gelbliche starke Zähne, als er nun zu seinem Gast aufschaute. Es entwickelte sich anschließend an diese Intronisation des Kaktus als Blume der Keuschheit lebhafteste Wechselrede, in welcher die logizistische Zugespitztheit des Kanonikers nicht zu selten das allzu Gespitzte ihrer Argumente an der Haltung des Chevaliers zerbrach, den dieser sokratische Geist mehr unterhielt als des Herrn von Pâris Wechsel zwischen Erschlaffung und Frenesie.

Man sprach davon, daß die Kirche eine Neigung und mehr noch als diese zeige, Gott in der schönen Form nicht zu verehren, sondern nur in deren Verkümmerung oder Verfall. Wodurch man zu einer sekunderen, künstlichen Form und deren Verehrung gekommen sei, nämlich zu den Künsten, die das Häßliche, weil Leidvolle, eines am Kreuze Blutenden und Sterbenden mit den trügenden Mitteln von Farben, Worten, Tönen uns als schön vorstellen, womit ein Ungläubiger selbst gefangen werde, der mit dem Kunstschönen nun hinnehme, was ihn als Gegenstand überhaupt oder solche des Glaubens, den er nicht besitze, widerlich erscheine. Woher den Ikonoklasten als wahrhaft Gläubigen Recht zu geben sei, die um des Glaubens willen dessen Verbilligung in Kunstwerken verabscheuen. Denn es führe die Bilddarstellung des unsichtbaren Gottes entweder von Gott weg zu Götzenverehrung, indem das Bildwerk für Gott genommen werde, oder führe von Gott weg zur Menschenverehrung des Talentes oder Genies oder der Farbenwirkung. Oder es brächte den Gläubigen ständiger vertrauter Umgang mit den abgebildeten Glaubensinhalten zu deren mythologischer Hinnahme als einem nun einmal so Seienden und entziehe ihn solcher Art seiner wirklichen religiösen Aufgabe: Glauben wirklich zu machen um den Preis selbst des Martyriums. Der Chevalier schloß: »Wir sind verdammt. Das Leben ist ein Tal der Tränen. Erlösung von diesem Leben gibt nur der Verzicht auf es. Das Leben ist vom Bösen vergiftet. Es ist häßlich. Nichts, weder Lehre noch Kunst, soll uns zu täuschen versuchen. Jedes Erliegen einer Täuschung bezahlen wir mit dem Verluste der ewigen Seligkeit. So heißt es doch?«

Der im Zitieren gewandte Sholeros versäumte nichts, von Johannes Chrysostomus bis auf Max Scheler, den starren Schluß des Chevaliers zu lockern, der ihm die Starre übrigens nur gab, um Sholeros daran sich wund stürmen zu lassen. In seinem Hintergedanken bereitete er schon eine Wendung vor, die er anbrachte, als der Theologe gerade wieder den Chrysostomus zitierte. Der Chevalier sagte: »Wenn der Satz Ihres Kirchenvaters richtig ist, daß die Wollust dem Tode nahe sei, und die Blumen, die uns meist verführen, auf Grabhügeln wüchsen, ist es dann nicht wahrer christlicher Heroismus, von der Wollust und in ihr zu leben wie es die Trappisten vom Tode tun?

Es ist eine Lust für die reine christliche Seele, alles hinzugeben, um in der Armut des Herrn zu leben, in sie zu versterben.

Die Sintflut der Gnaden, die sich durch die Verdienste von Jesu vergossenem Blute seitdem über die Seelen ergossen, trieb eine große Zahl von ihnen, ihrerseits ihr Blut für den Herrn hinzugeben. Lächelnd in Seligkeit ertrugen sie alle Grausamkeit, welche menschlicher Geist erfinden konnte. Ihre Standhaftigkeit siegte. Der Schmerz verzerrte nicht die Heiterkeit ihres Antlitzes, noch verwirrte er die Ruhe ihrer Seele. Als ob sie einem vergnüglichen Spektakel beiwohnten, sahen sie zu, wie ihnen die Brüste abgeschnitten, die Hände abgehackt, die Beine abgesägt, der Leib geschunden und geröstet wurde oder im Öle gesotten. Als ob sie einen andern Leib hätten, der nicht fühlte, duldeten diese heiligen Leiber.«

Hier sagte Sholeros: »Jeder äußerste Befolg eines sittlichen religiösen Gebotes enthält menschlich etwas Unmenschliches und darum wohl Göttliches, denn Gott ist der Un-Mensch, dem sich der Mensch opfert. Als Mensch unter Menschen lebend ist der unbedingt Gläubige immer menschlich eine Gefahr für seine Mitmenschen, wenn wir von der Menschheit her denken. Es besteht da immer die Möglichkeit, daß das im göttlichen Sinne Gute das im menschlichen Sinne Böse werde. Und umgekehrt.«

»Und löst sich diese Antinomie?« fragte Tannhäuser.

»Es gibt einen Kompromiß, welcher ›Leben‹ heißt,« antwortete Sholeros.

»Und gegen den sich die neueren Heiligen nicht schwierig machen, so wenig wie die andersgläubigen Tyrannen. Möglich auch, daß der Blutdurst Gottes gestillt ist. Vielleicht dienen heute Gott jene besser, welche, so gut sie nur können, den Kalvarienberg des mondänen Lebens erklimmen, dessen jede Freude für einen wahren Christen ein Leid ist. Jedenfalls ist freiwillige Armut ein so besonderes Opfer nicht mehr, wo so viele unfreiwillig arm sind, und Blutzeugen erlebt man schon für das Dümmste.«

»Der Wille zum Martyrium ist das Martyrium selber,« sagte der Kanoniker und schien ganz Wille. Aber es täuschte den Chevalier nicht, daß hier einer nur dachte. Darum sagte er: »Solchem Martyrium fehlen die Blüten.« »Sie sind an die Wand gemalt,« bemerkte Sholeros. »Dann also tot?« – »Lebendig wie die Gedanken,« sprach Sholeros den Schluß dieser Unterhaltung, welche nicht die einzige war, die der Chevalier mit ihm führte. Einmal sprach man von der Nomenklatur der Selbstpeinigung anläßlich des Lebens der heiligen Gertrude, welche den kapriziösen Einfall hatte, die eisernen Nägel ihres Kruzifixes durch Gewürznelken zu ersetzen und zu welcher Christus vom Kreuze stieg, sie in die Arme nahm und sagte:

»Amor meus continuus,
Tibi languor assiduus,
Amor tuus suavissimus
Mihi sapor gratissimus...«

und man suchte den zweiten Sinn in diesen Versen. Sholeros war darin sehr gewandt, weshalb er auch, um Genuß an dieser Gewandtheit seines Denkens zu haben, dieses am liebsten mit theologischen Problemen beschäftigte, wodurch er gläubig war; denn anders wären sie keine Probleme für ihn gewesen, sondern Silbenrätsel. Und er war der Materie des Lebens nach zu sehr teilnehmend verbunden, als daß er sich mit Anagrammen hätte beschäftigen können. Sinn im Sinnlosen zu suchen war er noch nicht heilig genug.

Das fünfzehnte Kapitel, welches von einem Liebesabenteuer des Chevalier Tannhäuser berichtet

Es mußte im Programm von des Chevalier Education sentimentale liegen, daß er eine Liebesgeschichte erlebte, ihm die Abenteuer mit Venus und ihrem Hofe zu einer Erkenntnis zu läutern besser geeignet, als die Gespräche mit von Pâris und Sholeros, die dem Abenteuer aber doch, wie leicht man erkennen wird, vorausgehen mußten, die Gespräche sowohl wie die Scherze im Venusberge.

Die Einform ihrer Tage entmutige sie und sie träume von einer Wunde, die ihr von ganz hoch oben ins Herz falle, sagte das blonde Kind Amaryllis und: »ich dankte dem Schmerz, an mein Herz gedacht zu haben«. – »Freutest du dich nicht in deinem unverwundeten Herzen, spräche einer deinen Namen mit aller Zärtlichkeit der Liebe aus?« fragte Tannhäuser, und Amaryllis sagte: »Liebte ich, müßte die Ewigkeit auf meine Tagesblüte eifersüchtig sein.« Man sieht, das Mädchen trank mit der Naivität ihrer blauen Augen weiß Gott für eine himmlische Ambrosia. Darum sagte der Chevalier auch: »Selbst der Gottessohn konnte nur leben durch Leiden und Tod.« Die Kleine von siebenzehn Jahren wollte Flügel, ob samtene der Fledermaus oder stachlige des Magrabu, sie wollte. Sie wollte. »Tu meinem Willen nicht Gewalt an,« sagte sie auf Tannhäusers Wort: »Gib dich hin, denn liebend liebst du dich, also bist du prädestiniert.«

»Nimm mich,« sagte sie.

»Ganz?«

»Bin ich zwei?«

»Es ist Fleisch und es ist Geist.«

»Ich bin nicht eins, nicht das andere. Ich bin Frau. Ich werde, was du aus mir machst.«

»Ich kann dich nur pflücken und dich den Preis des Saftes fühlen machen, der aus deiner Wunde träufelt. Freu dich, Traube zu sein, die ausgepreßt wird, reiner Wein zu sein, der getrunken wird für königlichen Rausch. Sei zwiefache Jungfrau, sei vergeistigtes Fleisch, sei leibhaft gewordener Geist.« Aus einer Kapelle nah bei kam im Chore:

> Procul recedant somnia
> Et noctium phantasmata.

»Stimmen bitten für die Reinheit deiner Träume und daß die Phantasmen weichen« sagte der Chevalier.

Ihre Jungfräulichkeit erfuhr das Erstaunen, einen fremden Mann aufgenommen zu haben und fragte sich, wie sie nur zuvor so Unsinniges reden, so Törichtes hatte anhören können. Alles war ihr nämlich nun ganz klar, Licht in halbgeschlossenen Augen und Gedanken sich schwingend wie Vögel im Gezweig. Sie begriff die Konvergenz aller Wahrheiten zu einem zentralen Punkt ihres Fleisches. In einer fast Ewigkeit während Sekunde wurde sie überzeugt, daß ihr eigenes Wesen für immer das Wesen des All und Ganzen eingesogen habe und hielte. Sie verging darüber.

Erwacht empfand sie nichts als große Müdigkeit und das Unerträgliche, düpiert worden zu sein. Aber es hatte Tannhäuser keine andern Mittel gebraucht als freundschaftliche Art des sich Insinuierens, entzückend zärtliche Frechheit, einige besondere Gesten und den etwas verwirrenden Aplomb von Männern, die ihre Kraft kennen und die Konsequenzen eines kühnen Coups zu messen verstehen. Nichts weiter. Amaryllis schenkte dem Chevalier ohne Ranküne eine gewisse Freundschaft, was ihn, der richtig lieben wollte, verstimmte. Denn sie zeigte nur Überraschtheit, nichts weiter, und war weiterhin traurig, so wenig zu leben, jetzt aber traurig aus Enttäuschung, nicht mehr aus Unwissenheit. Sie war von der Empfindung jener defloranten Sekunde schon so weit entfernt, daß sie auf eine daran rührende Frage Tannhäusers sagte: »Es ist nicht viel mehr als wenn man einen Pfirsich ißt.«

Der Chevalier erlebte Minderung seiner Lust bis auf Null, erfahrend, daß das sexuelle Vergnügen nur Echo dessen ist, das man gibt. Er pflückte weiterhin Amaryllis wie man zerstreut

eine Frucht greift, die über eine Mauer hängt. Er begann an der Legitimität dieser Deflorati-
on zu zweifeln. Aber mit der Wiederholung gleicher Sensationen stärkte sich das Gedächtnis
Amaryllis' und sie konnte aussagen, daß jener Sekunde Inhalt ein undeutliches Gefühl Fliegens
in den Äther sei – »aber es sollte dauern, immer sein, nicht nur einen Augenblick, ob kurz oder
weniger kurz, es ist doch immer nur ein Augenblick.«

»Es gibt nur Augenblicke. Man kann in einem Kuß nicht die Unendlichkeit einfangen,« sagte
der Chevalier.

Die undeutliche Antwort des Mädchens meinte Häufung dieser Augenblicke, fast ein Kon-
tinuum; es geschah das Möglichste und wurde Gewohnheit. Man schüttelte Erinnerung daran
unwillig ab, daß, was man erst unter mystischen Liturgien zelebrieren zu müssen glaubte, dem
Gemeinen so benachbart war: eine Enttäuschung, Kindern sehr wertvoll, die für Verlust halten,
was in der Tat Gewinn ist. Denn der Mann begreift nun die absolute Nutzlosigkeit der Bewegung, geht in sich selbst zurück, interessiert sich nur noch für den Gedanken und schränkt seine
Beziehungen zur Welt auf das unbedingt Notwendige, auf das Urgente des materiellen Substra-
tes ein. Fragen, welche die Völker und Individuen bewegen, bekommen nun die Bedeutung des
Strohhalmes, der einen Ameisenhaufen revolutioniert.

Amaryllis schien sich geeignet, solche Wendung des Chevaliers anzunehmen; man nannte
sich »Die Liebe« und kletterte den Kreuzberg hinan.

Auf dem Wege glaubte Tannhäuser es der Frau und ihrer Unwissenheit in einer so sehr ge-
schätzten Kunst schuldig zu sein, die letzten Körner des profanen Weihrauches zu verbrennen.
Hätte er es auch lieber gehabt, daß sie darauf als ihr widerwärtig verzichtete, so fand er sich
doch mit ihrer Neugierde ab, welche diese Probe ertrug, und man verbrauchte also methodisch
alle Artikel des gnostischen Evangeliums bis hart an die Grenze der Erschöpfung.

Die erwartete Katastrophe des Fleisches traf ein. Amaryllis bemerkte, daß die Gleichheit
der Mittel bei aller scheinbaren Differenz der Wollüste sich aus dem immer gleichbleibenden
Ziele ergäbe, ja, daß das Ungewöhnliche durch seine Wiederholung sich in nichts vom Bana-
len unterscheide. Das Beendete immer wieder beginnen, also beim Nichts beginnen, ergäbe
als Ganzes immer wieder das Nichts. »O Tannhäuser, ich bin vielfach betrogen und kann es
dir nicht sagen, wie sehr müde ich bin! Warum hast du mich in das Gräuliche dieser Lüste
gezogen!« Der Chevalier sprach doch wie Tertullianus, als er darauf antwortete: »Auf daß du
wahrhaft ohne fleischliche Hoffnung seiest und die Demütigung erführest, ein unersättliches
und lügnerisches Geschlecht zu haben.

– »Führen wir so fort, ich würde dich verachten,« sagte Amaryllis, »deine schrecklichen Lippen schmerzen meine Augen, wenn ich sie ansehe, nachher.«

– »Es graut mir vor deinem Leibe, Amaryllis, aber dein Profil zu sehen ist mir Lust.«

– »Gib mir meine Reinheit wieder, Tannhäuser!«

In solchen menschlichen höchsten Nöten werden immer die Schutzengel hörbar, die uns mit
der Luft umgeben. Also sagte jetzt eine Stimme: Hostemque vostrum comprime, Ne polluantur
corpora! Denn das Wort wird manchmal zu Worten verdichtet in einer hilfreichen, die Hand
reichenden Metaphorie.

»Daß Besudelung unseren Leibern fernbleibe,« wiederholte der Chevalier, und Amaryllis sagte: »Jetzt, in Zukunft und im Vergangenen, denn was gewesen ist, das soll entwesen, bis auf
das Erinnern. Denn dies, Tannhäuser, möchte ich bewahren: das Erinnern an dein Eindringen
in meinen Leib zu dessen leuchtender, aber vergeblicher Verherrlichung. Denn ich will Frau
bleiben, was ich durch dich wurde. Es war so entzückend, als wir uns mit Ungeschick gegen
die Lust wehrten, den bittern Apfel zu teilen.«

Relativ wie alle Frauen wollte Amaryllis den Kreis nicht ohne Hoffnung auf eine Lösung
schließen. Nah an den Gipfel des Scherbenberges geführt, im Schatten schon, den das Kreuz
warf, wehrte sie sich noch dagegen, das Heil, als nur der Person zukommend, zu erkennen und
wollte sich nicht Dispens geben von der Liebe zum Nächsten, was auch immer Tannhäuser
sagen mochte, der auf dieser Station keine andere Beziehung als die zum Unendlichen gelten
lassen wollte. Denn hier befände man sich unmittelbar vor der seligen Schauung, in der völligen

Nacht des Willens, im Wissen des Nichts, nicht durch eine logische Deduktion zu gewinnen, sondern durch einen Akt des Glaubens. – »Ach, wir sind so pharisäisch!« rief Amaryllis.

– »Das sind wir, weil wir Geschlecht sind. Du tust, als ob du mir zuhörtest und du denkst an Umarmung,« sagte der Chevalier etwas grob, wie Amaryllis ihm vorwarf, denn sie wollte doch noch immer seine Illusion sein. Eine zerstreute Hand streichelte ihr blondes Haar.

– »War denn unsere Sünde nicht sehr rein?« fragte die Frau mit reizender Unvernunft.

– »Die Sünde kann nicht rein sein, denn sie ist immer mittelmäßig, ein in sich unvollständiger Akt, dumm aus eigener Natur. Im Gegensatz zum göttlichen Gedanken bleibt sie auf dem halben Wege des Widerspruches stehen, denn das Absolute ist im Bösen nicht möglich.«

Aber Amaryllis beharrte: »Ich lebe von den Empfindungen, auch wenn sie nichtig sind, auch wenn sie unvollkommen sind: ich lebe davon,« und umschlang seine Knie. Ein kleiner Hügel von Kissen war Dekor des Zwischenspieles, nach dem Amaryllis mit einem raschen Aufblick sagte: »So kann man mich kennen, anders nicht.« Und der Chevalier dachte: Die Seele mit der einzigen Drogue zu behandeln, welche sie reinigt, mit dem Schmerze, das ist sicher höchste Caritas, aber nie schwerer zu üben als gegen Geschöpfe, die man liebt! Und man weiß nicht, wird das Opfer die Hand des Henkers lecken oder beißen. Ganz mir hingegeben, wie sie sagt, ist sie doch für sich selbst nicht mehr: kann etwas, das nicht ist, sich auflehnen? Imbecilla pluma est velle sine subsidio Dei. Sie hätte eine Seele? Eine ewig verneinde, deren Rauch nur den Blick ins Unendliche verdunkelt und deren Fleischgeruch sich in meinem Hause des reinen Verlangens einnistet.

– »Sprich nicht so, Tannhäuser! Mach die Kohle, die nicht brennt, zu Staub, zunichte, und ich werde sterbend noch zu deinen stummen Lippen beten.« – »Du verfluchst mich, Amaryllis.« – »Dann trenne mich nicht von deiner Verfluchtheit, und wir werden zu zweit in der Hölle sein.«

Wie dumm sind die überregten verliebten Frauen, dachte der Chevalier. »Wenn du verdammt bist, so hassest du mich ja, denn die Hölle ist nichts als Haß. Und wenn in Augen Freude aufleuchtet, so in den toten Augen eines Verdammten, der neben jener leidet, der er ehmals den Springquell seines geopferten Herzens geöffnet hat.«

Da warf sich Amaryllis auf ihren Henker und küßte die Hände, welche ihr die Glieder brachen und welche hart blieben. Und der Henker tat sein grausamstes Werk, indem er, sie hinwerfend, die vom Grauen gelähmte Frau böse besaß. Sie erstarb in einem infernalischen Paradiese, und als ihren Augen Tränen entflossen, trank Tannhäuser sie wie Tropfen Blutes. Nun begriff der Chevalier reuevoll den Irrtum dieser mystischen und intellektuellen Kommunion mit einem Weibsgeschöpfe, denn je höher er diese Freundin bringen wollte in der Liebe wie im Wissen, um so mehr gefiel es sich in Abstürzen, der Logik seiner Natur folgend, die schwerer war als die geistige Luft. Sie ahnte seine Meinung und paßte ihr sich naiv an: so bekam er von ihrem Wesen nur negative Kenntnisse. Sie trank, was er dachte, ihm aus den Augen. Lebte sie denn überhaupt für sich? Sehr wenig. Was ihre Seele tat, schien sie aus dem intellektuellen und sinnlichen Kontakt mit seiner Person zu ziehen. War der Chok zu heftig, so daß er sie kongestionierte, so verstummten ihr Fiebern und sie lag neben ihm mokant in Sterilität wie ein stumpfes Tier. So wurde dem Chevalier Gewißheit daß er die Frau ihrem normalen Wesen zurückgeben müsse und für sich selber wieder den Weg finden ohne indiskrete Aspirationen.

Das sechszehnte Kapitel, welches den Schluß des Abenteuers erzählt

Der Chevalier ließ Amaryllis, die von vielfarbigen Schleiern bedeckt auf dem Divan lag, und trat mit dem Bilde ihrer entblößten Brüste, zwei Magnolienknospen im Schnee, ans Fenster, blickte in die Nacht, über schwarze Baumkronen weg in einen mit schwachem Flimmern atmenden tiefblauen Himmel.

Er war im Hause Loges, des Schriftstellers, der ihm ganz unbewegt schien von Fragen des Glückes und Nicht-Glückes, so unverständlich war ihm Teilnahme, ja auch nur Interesse an der eigenen Person in der wirklichen Welt, deren Geschehnisse er, soweit sie ihn berührten, erlebte mit allereinfachsten Entscheidungen aus Recht und Unrecht, passend und unpassend, ohne dem Bedeutung über solches jeweilige Entscheiden hinaus zu geben oder gar Schlüsse daraus zu ziehen. Denn er lebte mit seiner ganzen Teilnahme nur seiner inneren Person, die sich schreibend äußerte und mit welcher er sich in einer völlig andern Welt befand als jene ist, welche handelt und in der Anstrengung, Denken und Handeln in eine moralische Abhängigkeit von einander zu bringen, sich sehr dramatisch wohl, aber auch immer nur im Vorläufigen, im à peu près vollzieht. Als Schriftsteller, der er in seiner Essenz war – und das bedeutet nicht einen Bedichter, Schön- oder Schwarzfärber des wirklichen Lebens, dem er sittlich damit dient – als Schriftsteller in seiner Essenz lebte Loge in einem Leben ohne Polaritäten, also in einem absoluten Leben, nämlich dem der Lüge, was eine metaphysische Kategorie bedeutet, keine im Sinn des andern Lebens sittliche. In diesem andern, dem wirklichen Leben war, wie schon gesagt, dieser Mann ganz dem gewöhnlichen Brauche gebeugt, arm an Worten, höchst simpel, einfältig fast. Hier funktionierte er, soweit Funktion von ihm verlangt wurde und hätte sie seinen gewaltsamen Tod mit sich gebracht, hätte er ihn ohne weiteres hingenommen als das Sterben seines ganz zufälligen Leibes, ohne Gestikulation, ohne die Attitüde von Zustimmung oder Protest. Den im Leeren laufenden Mechanismus dieses wirklichen Lebens hatte er längst als ein kleines Detail des Irrtums des Menschen über sich selbst erkannt, woraus neben der sich abrasenden Mannigfaltigkeit des wirklichen Lebens auch dessen Nicht-Sein sich ergebe, wenn man es, wie Leidenschaft der Menschen sei, an der Wahrheit messen wolle, einem sittlichen Begriff des Demiurgen.

An diesen seinen Gastgeber dachte der Chevalier und hatte die kleinen Brüste der schlummernden Frau vergessen, die auf dem Divan lag.

Aber sie lag nicht mehr da, als er sich zurück in den Saal wandte. Amaryllis war in den flandrischen Gobelin zurückgekehrt, der die Wand neben dem Kamin deckte. Da stand sie im verblaßten Gewebe, dem liebend beschauendes Auge die Farben gibt, stand sie, blickte mit grauen Augen weiß Gott wohin und hielt mit schlanken Fingern den Schnee, in den zwei Magnolienknospen versanken.

Das siebenzehnte Kapitel, welches berichtet, was dem Chevalier zu tun auferlegt war

Dem mystischen Zuzweit gibt die Erbsünde keine Dauer, als welche der Wurm in der Frucht ist, die lieblich vom Baume gepflückt Moder wird nach dem ersten Biß. Dem vernünftigen Zusamt regnet es ins Haus, denn es fehlt ihm das der Vernunft widerstreitende und darum von ihr abgedeckte Dach, als welches Gott ist. Vor dem einbrechenden Regen, Hagel und Sonnenglut sich zu schützen ist Kampf aller gegen alle, um Schlupfwinkel darbender Leiber, Weib, Metaphern, Begriffe: ein Tollhaus der Rasenden. Jenseits der Grenze dieses Lebens, des relativ wahren, im absoluten Zustand der Lüge wie der Schriftsteller zu leben, dazu bedarf es der Sprungfeder der Gnade, denn man kann in dieser Welt der Lüge nicht Gast sein, sondern muß sie mit seiner Existenz sie schaffend erfüllen, sie erfüllend erschaffen. Der bloße Wunsch prallt ab von stählerner Mauer. Tannhäuser lag hingeschleudert am Strande, den einen Weg und nur ihn mehr vor sich, der das Zurück bedingte, denn es war der katholische Weg, der durch alles führt, um in der Verlöschung zu enden, die Gott heißt. Hände formten greifend sich um das Kreuz, die einzige Substanz, die ihnen Gewißheit ihrer selbst gab, denn alles, was sie sonst gegriffen hatten war entweichende Luft gewesen, daß die Nägel sich in Handteller gruben, und später dann Finger sich zu Faust gar nicht recht schlössen, denn die Erschütterung, nichts darin zu halten, war wie Tod in entsetzlichen Krämpfen gewesen. Also legten sich die endgültig degantierten Hände um das Holz und waren so wieder da, wenn auch nur um dieses einen willen. Und legten das Kreuz auf die Schulter, die sich beugte mit dem Haupte unter lautloser Last. Das war nicht Flucht in das Letztgebliebene. Das war nicht Verzweiflung nach Niederlagen. Denn was zu tun vor ihm lag, war ja das Schwerste von allem –, begann es doch im ersten Schritt schon damit, das Kreuz zu tragen, das Schwerstes der Welt in seine Arme genagelt hatte.

Der Weg ging durch das Zurück. Als ob er die unsichtbar bewegte Barke zöge, flog, kaum vom Ufer abgetrieben, ein vielfarbiger schöner Vogel vor ihm her und sang einen süßen Ton aus der weitgestreckten Kehle. Da man aber in die Mitte des Sees kam, verstummte der Vogel, und sein Gefieder wurde grau. Und nun, da Tannhäuser am Ufer der Venus ans Land stieg, war der Vogel ein Stein geworden, der grauenvoll flog und dem er folgen mußte wie einem Wegweiser durch das entsetzliche Inferno, in welches das Paradies sich gewandelt hatte. Blattlos streckten Bäume, deren Stamm faulendes Gewürm war, knöcherne Finger in eine nach faulen Fischen stinkende Luft. Gelblicher, glitschiger Schleim rann über den Weg, der nun über eine kochende rote Ebene mit endlosem Horizonte lief, dann wieder eng durch felsiges, tropfendes Gemäuer, daran der fliegende Stein zuweilen mit krächzendem Geräusche stieß und weckte was geschlafen haben mußte oder verborgen war. Denn das kam vor, lehnte an die Felsen, machte schmaler noch den Weg, streckte Grinsen aus augenlosen Gesichtern nach dem Kreuzträger, oder Hände, deren Finger abfielen, oder Armstümpfe, die spitz ausliefen. Lumpen verhüllten schlecht schrecklichen Aussatz, der sich der Berührung weiterschenken wollte. Alle diese Verstümmelten lärmten lautlos, daß ein entsetzliches Getöse in dem Felsenweg war wie Echo vom aufschlagenden Krächzen des fliegenden Steines. Da unten lagen die Gärten und hinunter führte der Stein und der Weg, der nun zur Leiter wurde, von schlafender Schlangen Leiber gebildet, die gleitender Tritt nicht zu wecken versuchte, und doch wurde immer die kaum vom Fuß verlassene Stufe lebendig, stieß den Kopf vor, aus dessen zahnborstigem Rachen spitzdolchige Zunge nach dem Fliehenden fuhr, der abwärts glitt, stürzte, sich erhob mitten in noch sich rührendem Aas, jenem, an dessen lebendigen Exerzitien er, wann war es doch? teilgenommen hatte. Da schnappte Öffnung des Geschlechts mit eitertriefenden Lefzen, aufgesperrt bis unter die Brust, allein noch zuckend, umgeben von totem zerfallenden Rand des übrigen Leibes. Ragte aus fliegenbedecktem Kadaver der Phallus, rotglühend und zuckend die Spitze wie Feuer eines Leuchtturmes. Fuhr Dampf aus einer exkrementalen Öffnung, als ob zerfallenes Gedärm noch verdaute. Hügel zweier Brüste lagen auf blanken Rippen wie auf einem Rost. Reichgestecktes Haar türmte über einem gelben Schädel, aus dem noch ein Auge kokett blinzelte. Knöcherne Finger spektakelten wie Blechtrommeln, indem sie Karten hinschlugen, nach denen sich Augen aus Schädeln renkten, die unter den Tischer lagen. Aus Blumenkelchen tropfte Teer, rann Asche. Fetzen Gewandes, zerrissene Schleier, Flicken Seide bewegten sich wie Schmetterlinge, wie Fledermäuse flatternd, einzeln, zu Haufen in einer Luft, die zitterte vom Brodem der Verwesung, über Boden der wellte und in Rissen sich klüftete aus denen fahles Zwielicht mit Armen griff und was es an noch Zuckendem packen konnte hinunterschlang.

Weiß stand das Grauen auf Tannhäusers Stirn, riß ihm die Augen vor, preßte ihm die Kinnbacken in Starre, hockte sich ihm auf die keuchende Brust, hing sich ihm an die Knie. Aber er hielt das Kreuz fest und taumelte weiter und über Aas weg durch die flatternden Schwärme, dem fliegenden Steine vor ihm her folgend, mit unablässigen Augen. So sah er die lächelnde Göttin nicht, hoch, nackt auf einer Säule, vorgestreckt das Geschlecht, mit ungebrochenen Kniekehlen, mit den kleinen Händen die Brüste pressend, aus denen zwei haardünne Strahlen milchigen Blutes in der Luft zu feinem Regen zerstäubten, infernalisches Leben dem gebend, was schon Aas werden wollte.

Tannhäuser stürzte ans Tor, das sich öffnete. Davor saß auf einem Steine Ekart und schlief. Wald und Berge nahmen den Pilger auf.

Das achtzehnte Kapitel, welches berichtet, was inzwischen in Rom geschah

In dem kleinen Raum lagen die letzten Inwohner des verfallenen Vatikans auf den Knien, und von den sechs Greisen hatte der älteste vom Ende der Zeiten gesprochen. Nun sank seine Stimme in ein tonloses Flüstern, und der Greis tastete mit der Linken nach dem Betschemel, denn er wollte aufrecht knien bleiben. Drei Tage und drei Nächte der Erwartung und des Betens hatten die Greise bis auf den predigenden Papst völlig erschöpft und sie waren während der letzten Predigt Petrus II. in Schlummer gesunken. Als aber der Papst schwieg und die schlafenden Alten sah, weckte er sie mit den Worten des Evangelisten. »Was schlafet Ihr? Stehet auf und betet, auf daß Ihr nicht in Anfechtung fallet.«

Da erwachten die Greise und einer von ihnen erhob sich, es war der letzte Nobelgardist, der geblieben war, um die apostolische Majestät zu stützen und ihr zu dem kleinen Fenster zu helfen, das auf den vatikanischen Platz ging. Ihn füllte ein ungeheueres Gewimmel von Menschen bis über den Rand, hing an den Collonaden, den Gesimsen, in den Fenstern, auf den Dächern der fernen Gebäude und Türme und ein gewaltiger böser Schrei fuhr in die Luft als die Menge des Antichrist den verlassenen Papst am Fenster erblickte. Und Kanonenschläge und Gewitter geblasener Tuben und Hörner rissen den Schrei weiter, denn der siegreiche Sohn des Tieres bestieg in diesem Augenblick den Thron, der am Tore Sankt Peters errichtet war vor einem leeren Eirund. Um den Thron wehten die goldroten Standarten, bestickt mit den drei sechszackigen Sternen, als welches das Zeichen des Tieres und der Zahl seines Namens war. Und eingebrannt in die rechte Hand trugen die Garden dieses selbe Zeichen dessen, der sich den Erwarteten nannte.

Auf dem leeren Rund, vom Fenster aus kaum scheidbar in ihren gelben Laken vom rötlichen Sande, lagen aber die beiden Leichname Henochs und Elias. Grauhaarig und skeletthaft mager der fahle Elias, braungebrannt und das kurze schwarze Haar straff in die Stirn gestrichen der jüngere Henoch, so lagen sie nach dem Worte der Apokalypse: »Und wenn sie ihr Zeugnis geendet haben, so wird das Tier, das aus dem Abgrund aufsteiget, mit ihnen einen Streit halten und wird sie überwinden und töten. Und ihre Leichname werden liegen auf der Gasse der großen Stadt, die da heißt geistlich Sodom und Ägypten, da unser Herr gekreuzigt ist. Und es werden ihre Leichname etliche von den Völkern und Geschlechtern und Sprachen drei Tage und einen halben sehen, und werden ihre Leichname nicht lassen in Gräbern liegen.«

Es hatte der Fürst dieser Welt, der sich den Erwarteten nannte, den Befehl gegeben, daß niemand sich den Leichnamen der Märtyrer bei Todesstrafe nähern dürfe, und daß die Garden den mit den Schwertern zerhauten, der es wagte, über die Toten Gebete zu sprechen.

Nun waren die toten Leiber des Henoch und Elias drei Tage und drei Nächte und fast noch einen halben Tag hier gelegen, und der Antichrist war gekommen in seinem Stolze, die Toten noch einmal zu sehen, denn es ist gesagt: »Und nach drei Tagen und einem halben fuhr in sie der Geist des Lebens von Gott, und sie traten auf ihre Füße, und eine große Furcht fiel über die, so sie sahen. Und sie hörten eine große Stimme vom Himmel zu ihnen sagen: Steiget herauf! Und sie stiegen auf in den Himmel in einer Wolke und es sahen sie ihre Feinde.« Der Fürst dieser Welt hatte den Schwur getan, daß diese Toten nicht mehr zum Leben erstehen sollten, wovon alles befreite Volk Zeuge sein würde.

Darum war die ungeheure Menge Volkes hier zusammengeströmt, um sich seines eigenen Triumphes zu freuen und trug jeder aus der Menge das Zeichen des Tieres auf der Stirne im Rahmen dreier scharfer Falten. Nur Petrus und die fünf Greise, die hinter ihm am Fenster standen, erwarteten noch das Wunder, wie es verheißen war.

Unwillkürlich, wie in Abwehr, hob der Papst die Hände, als nun sein Blick den Fürsten der Erde wahrnahm, dem das Haar wie eine gelbrote Lohe um das zum mächtigen Rumpfe viel zu kleine Köpfchen flammte, das zwei silberglänzende Stierhörner, die aus dem Stirnbuckel sprangen, zusamt der Haarflamme sichtbarer machten als sonst Zeichen menschlichen Antlitzes, denn die Augen lagen tief, die Nase war platt und der Mund wie mit einem Messer in die Haut geritzt. Und rückschauend in die Zeit ersah Petrus II. Stunde und Stelle, da der Fürst dieser Erde zur Welt kam. Unter dem siebenten Pius war es, in der nebelschmutzigen Gasse einer nordischen Stadt, da warf ein Weib das Neugeborene in die Pfütze aus Abwässern von Fabriken und Palästen. Und aus der Pfütze sog es die ekle Nahrung, die den Bauch auftrieb, das Herz verhärtete und das Hirn verkümmerte. Tausend Gestalten nahm das unforme Wesen an, war heute Herr, morgen Knecht, dann wieder Herr und aufs neue Diener, und war so und so Diener und immer Knecht dumpf gurgelnden Aufstands gegen Gott den Allmächtigen. Es war unter dem neunten Pius, daß die Mißgeburt des Bauches Kraft gewonnen hatte, sich seltsam zu vervielfachen, also, daß er Tausend war und doch Einer, befehlender Herr war und dienender Knecht, Fabrikant und Arbeiter, Herrscher und Untertan, Feldherr und Soldat, Freund und Feind.

Und den Papst drückte ein Schauer zusammen, da er es sich ohne Erbarmen sagte, daß jener da unten mit den Silberhörnern auch in das Haus des Herrn gedrungen war, hier Priester war und Gläubiger, Beichtiger und Bekenner, Spender und Empfänger des Sakramentes, Hirt und Herde.

Petrus II. mußte sich, erschreckt von solchem Bewußtwerden, umsehen nach den wenigen Getreuen, um seiner Erschütterung Herr zu werden im Anblick dieser hinsterbenden fünf Greise, die voll Glaubens waren wie er und das Wunder erwarteten, seiner sicher wie er. Sie stützten und hielten einer den andern in ihres Leibes großer Schwäche und fingen den Blick des hundert Jahre alten Papstes auf, neu belebender Funke in ihrer äußersten Verdorrung. Das Lamm Gottes hatte das siebente Siegel des Buches aufgebrochen und es war vergeblich gewesen. Die Menschen höhlten die Erde aus bis in ihr innerstes Feuer und trieben damit ihr infernalisches Werk, daß nach dem Worte der Schrift Sonne und Himmel verdunkelt waren vom schwelenden Rauche. Und Getier kam aus den gehöhlten Tiefen und Abgründen und wandelte alles Lebende nach seinem Bilde. Und viele suchten in Verzweiflung den Tod und fanden ihn nicht. Daran aber wuchs die Macht des Fürsten der Erde, und alles Volk der Erde bewunderte sich in ihm und fand nicht seines Gleichen außer in sich selber.

Und wie der Apostel verkündet hatte, also geschah es, daß das große Tier Wunder tat. Es wandelte das Bewegte in Licht und das Licht in Wärme und fing aus der Luft das schwirrende Tönen in seiner Silberhörner Spitzen und konnte sagen, was überall auf Erden geschah, und konnte sehen, was überall auf Erden sich begab, und war keine Wand stark genug, daß sein Blick nicht hindurchdrang, und konnte mit einem Druck seines einen Fingers Berge zum Bersten bringen von unten bis oben und konnte fliegend der Sonne Lauf überholen zehnmal.

Alles diente der Erde und ihrem Fürsten. Die Kirchen zerbröckelten in Staub, und ihre Priester starben in evangelischer Armut nicht, aber im Elend. Und der Papst mußte des letzten Konklaves gedenken, das ihn vor drei Jahren zum Papst erwählte, der sieben Kardinäle in mottenzerfressenem Rot, und des zerlumpten Kamerlengus, der, vor ihm kniend, die sakramentalen Worte gesprochen hatte: Quo modo vis vocari?

Und da hatte der älteste Kardinal, der symbolischen Vorbestimmung des Namens sich erinnernd, leise die Worte gesprochen: »Tu es Petrus et super hanc petram ...« und noch leiser fügte er des heiligen Malachias Weissagung hinzu: »Petrus der Römer wird die Lämmer weiden in den Ängsten der Verfolgung des letzten Tages. Der Kardinal soll also Petrus II. heißen, der verheißene Papst des Endes der Zeiten.«

Als aber diese Zeiten zum Ende kamen, der Tod und das Leben keine Grenzen mehr zueinander hatten, Totes hinschritt wie Lebendes und Lebendes als ein Totes blickte, da waren inmitten solchen tiergezeichneten Volkes jene erschienen, die keiner erwartete: Elias und Henoch, von Gott aus dem Totenreiche gehoben, um Zeugnis zu geben vom Zeitenende, und sie hatten zweitausendeinhundertundsechzig Tage gepredigt, bevor der Antichrist sie besiegte und erschlug. So lagen sie unbegraben auf dem Platze seit dreien Tagen und dreien Nächten und noch einen halben Tag, und die Stunde ihrer Auferstehung war gekommen nach dem Worte des Herrn, und der Papst wartete, die Augen auf die Leichname geheftet und betend. Aber die Märtyrer erhoben sich nicht. Der Antichrist spie Schimpfworte auf die Leichname, und der Papst weinte. Denn er wußte seine Stunde gekommen und daß er nun hingehen müsse, den Tod zu empfangen von jenem.

Das seit zwölf Jahren verschlossene bronzene Tor öffnete sich, und gestützt von seiner Garde, gefolgt von den vier roten Kardinälen verließ, zum ersten Male seit der Eroberung Roms unter dem neunten Pius, der gefangene Papst den Vatikan.

Die Menge wich zurück, verstummte. Der Papst ging zum Tode. Er schritt mit erhobenen Armen auf die Leichname zu, die Gebete zu sprechen, die verboten waren, und sie zu beschwören, sich zu erheben und zu gehen im Namen des lebendigen Gottes. Da legten auf ein Zeichen des Fürsten die Garden an und feuerten. Die Greise stürzten, das Haupt zur Erde. Aber mit seinen taumelnden Händen richtete sich der Papst auf die Knie und segnete mit der ringgeschmückten Rechten die Leiber der beiden Propheten und flüsterte die nicäische Formel: »Credo in Spiritum Sanctum ... Sanctam Ecclesiam ... Sanctorum communionem, remissionem peccatorum ...«

Und dann laut mit aller seiner letzten Stimme: »Carnis resurrectionem, Vitam aeternam.«

Und da, in dem Augenblicke, da der letzte Papst seinen Geist aufgab, erhoben sich Elias und Henoch, die Propheten, die Erde erbebte, der Himmel verschlang sich in einer ungeheuren Flamme und die Welt ging ein in die Ewigkeit.

Epilog

Der Chevalier war bis Mantua gekommen, als ihm Nachricht von dem wurde, was sich in Rom, wie berichtet, ereignet hatte. Da solcherart dem Wallfahrer bis auf weiteres das Ziel fehlte, beschloß er, etwas müde, in dieser zwischen Sümpfen verfaulenden und zerbröckelnden Stadt zu bleiben, zumal er hier dem ewigen Juden zu begegnen hoffte. Er mietete sich bei einem gelehrten Hebräer, ganz nah bei Santa Barbara, ein und wartete auf jene Wendung in den Angelegenheiten der katholischen Christenheit, die ihm den Aufbruch nach Rom geheißen hätte. Die Wendung ließ auf sich warten Als ich dem Chevalier Tannhäuser im Sommer des Jahres 19** vor Porta Pusteria begegnete, äußerte er etwas melancholisch die Befürchtung, demnächst eine mythologische und etwas zweifelhafte Figur zu werden, wenn Rom nicht bald wieder in aller Glorie sich etabliere, denn mit den herumziehenden zerlumpten Resurrecten sei es doch nicht ganz das Richtige. Aber wirklich bestürzt erschien mir der Chevalier, als ich ihm sagte, daß man ihn in seiner deutschen Heimat schon seit Jahren für eine Fiktion halte.

Ende

Beardsleys Fragment reicht bis zum zehnten Kapitel; Kapitel Elf und die folgenden sind von Franz Blei verfaßt.